KB121385

환생한 대마법사의 정주행 11

2021년 9월 2일 초판 1쇄 인쇄
2021년 9월 7일 초판 1쇄 발행

지은이 서상현
발행인 김정수 강준규

기획 이기헌 왕소현 박경무 강민구
책임편집 이정규
마케팅지원 배진경 임혜솔 송지유 이영선

발행처 (주)로크미디어
출판등록 2003년 3월 24일
주소 서울시 마포구 성암로 330 DMC첨단산업센터 318호
Tel (02)3273-5135 **편집** 070-7863-8597 Fax (02)3273-5134
홈페이지 rokmedia.com **E-mail** rokmedia@empas.com

© 서상현, 2020

값 8,000원

ISBN 979-11-354-6691-5 (11권)
ISBN 979-11-354-9260-0 04810 (세트)

서상현 판타지 장편소설

11

환생한 대마법사의 정주행

Contents

각성……?

"칠백…… 십…… 팔……."

시간이 이제 얼마나 흘렀는지도 모른다.

난 이 목검 도르래를 무아지경으로 들었다 내리기를 반복하고.

칠백열여덟 번째가 되던 때다.

"그만하세요. 그 정도면 됐어요."

시간을 확인한 검사가 말했다.

"정말? 그만해도 되는 거 맞아?"

솔직히 기다렸던 말이다.

끝은 정해져 있지 않고, 무한 반복.

그사이에 몇 번이나 목검을 내려놓고 싶은 욕구가 들었는지 모른다.

포기의 욕구를 한 열 번째쯤까지는 셀 수 있었지만, 그것도 도중에 관둬서 정확히 몇 번인지 나조차도 기억할 수가 없었다.

난 그대로 손에서 목검을 떼고 그 자리에 철퍼덕 주저앉았다.

관자놀이가 뛰는 것이 고스란히 느껴지고, 지쳐서 고개를 푹 숙이자 땀이 벌써 바닥을 적시기 시작했다.

"……고맙다."

그리고 나는 옆에서 나와 똑같이 목검 도르래를 묵묵히 하던 검사에게 남겼다.

"뭐가요?"

"그냥. 너 아니었으면 못 했을 것 같아서."

진심으로 전하는 말이다.

저 검사가 옆에서 계속 같이하지 않았으면, 정말 도중에 포기했을 것 같아서였다.

내가 어쨌든 이렇게 무사히 끝낼 수 있었던 건 전부 저 검사 덕분이다.

이유인즉슨, 저 검사의 목검과 연결된 것이 나처럼 가벼운 10kg짜리 아령이 아닌, 몇 배는 더 무거운 바위였기 때문이다.

그런 검사가 자세도 흐트러지지 않고 묵묵히 옆에서 계속

하고 있으니, 내게도 오기가 생기면서 동시에 포기하면 안될 이유란 것이 생겨났다.

저 검사는 저렇게 무거운 바위로 하는데 그에 비하면 장난감 수준인 10kg짜리 아령을 들고 하는 나는?

그런 내가 어떻게 포기할 수 있어?

그 생각이 지배적이었기에 목검을 놓을 수 없었다.

아무리 내가 직전에 가렌트와 강도 높은 훈련을 진행했다고 한들, 그런 건 아무런 상관이 없다.

이미 저 검사가 연결한 바위가 가진 무게의 차이가 그것을 상쇄시키기에 충분했기 때문이다.

그리고 동시에 검사들이 가진 특유의 동료애를 살짝 느낄 수 있는 계기가 되었다.

옆에서 말로 '힘내, 할 수 있어.'라고 응원해 주는 게 아닌 행동으로 묵묵히 알려 주던 검사.

나 혼자였으면 절대 완수 못 할 것이 분명했는데 옆에서 나보다 더 힘든 조건으로 묵묵히 소화하는 검사를 보니 힘이 났던 것이다.

이런 일상을 일평생 겪어 온 검사들에겐 옆에 있는 동료의 존재가 그만큼 소중한 것이겠지.

내가 검사도 아닌데 그들이 만든 제대로 된 훈련 체계를 하루 따라 한 것만으로 그 정신도 조금은 이어받은 기분이었다.

"그런데 나 궁금한 거 있는데 물으면 답해 주려나?"

내가 넌지시 물었다.

"들어 보고요."

적어도 무조건 답하지 않을 생각은 없다는 뜻이니, 편하게 물었다.

"끝나는 시간을 알려 주지 않는 이유가 뭐야?"

"그거야 가렌트 님이 말씀하신 거랑 똑같죠. 한계 돌파. 끝나는 시간 혹은 목표 개수를 정해 놓고 끝까지 하는 거랑 모르고 하는 거랑은 천지 차이거든요."

"……똑같은 거 아닌가?"

"다르죠. 어떻게든 그 시간이나 개수까지 버텨 보겠다는 거랑 끝도 모르고 계속하는 거랑은 다르잖아요."

확실히 방금 한 목검 도르래의 상황을 생각해 봤다.

만약 내가 끝나는 시간이나 혹은 해야만 하는 수량을 알고 했더라면?

목표치에 도달한 순간 그대로 목검을 내려놓고 자리에 쓰러졌을 게 분명하다.

검사는 설명을 이었다.

"더군다나 그 목표가 남이 정해 준 거라면 난이도는 더 심하죠. 자신이 정하는 건 자신의 체력 상태를 고려해서 유순하게 정할 수 있는데, 남이 정하는 건 아니잖아요. 체력 상태 따위 고려할 필요 없죠. 특히나 함께 싸울 동료인데 그렇게 약하게 키울 수도 없고요."

"……."

이런 단순한 훈련에도 그런 계산까지 들어간 것이 신기했다.

"푸흐흐……."

웃음이 났다.

"왜 웃어요? 웃긴 일은 아닌데."

"아, 비웃는 게 아냐. 신기해서."

"신기할 게…… 있나?"

"검사는 머리가 나쁘다. 그 말을 누가 만들었는지, 어이가 없어서. 마법사랑 비교해도 절대 머리가 나쁘지 않으니까."

그들의 훈련 체계를 그대로 따라 하고 느낀 것이다.

겉으로 보기에나 무식하고 단순한 훈련들이지만, 그 속에 의미와 정신이 분명하게 존재하는 훈련들.

검사들이 정말 머리가 나쁘다면 훈련 속에 그런 것들을 계산해서 넣을 수나 있었을까?

난 절대 아니라고 보기 때문이다.

"……뭐, 마법사한테 그런 말을 들으니 기분은 좋네요. 그것도 대마법사님에게."

"고맙다."

"그리고 그렇게 계속 앉아 계시지 마세요. 지금이야 편하겠지만, 시간이 조금만 지나면 아예 몸을 못 움직입니다. 힘들어도 스트레칭은 해야 근육통이 그나마 완화돼요."

검사가 지적했다.

"근육통…….."

얼마나 오랜만에 듣는 단어인가.

에드 분교 6클래스에서 혼자 무식하게 아령만 들었다 놨
다 하다가 걷지도 못할 지경에 이르렀던 때가 떠올랐다.

검사는 이미 그가 말하는 스트레칭이란 걸 하는 중이다.

목과 어깨, 손목, 발목까지.

천천히 돌리면서 제자리를 가볍게 뛰는 중이다.

"그거 하면 근육통이 오지 않는 건가? 근육통을 예전에 겪
어 봐서 잘 알거든. 얼마나 고통스러운지, 정말 몸이 안 움직
이더라고."

"힘들다고 바로 쉬어서 그래요. 그리고 안 오는 건 아니에
요. 오긴 오는데 적어도 움직일 수는 있다는 거죠."

"……안 오게 하는 방법은 없나?"

"그런 게 있을 리가 있나요. 몸을 강하게 만들기 위해선
무조건 거쳐야 하는 과정인데요."

아픈 걸 당연하게 여기는 검사였다.

그리고 근육통이 오지 못하게 하는 건 결국 이들에겐 없는
방법이란 것도 알 수 있었다.

난 몸을 힘겹게 일으키고, 검사의 스트레칭을 그대로 따라
했다.

"끄윽……."

아픈 몸을 억지로 움직이게 하니 고통은 다시 시작됐다.

"처음이라 그래요. 익숙해지면 별로 아프다고 느껴지지도 않습니다."

통증을 피하는 마법사와 오히려 통증을 익숙하게 만드는 검사.

이런 것도 하나하나가 전부 신기하고 약간은 이질적이기도 했다.

그렇게 약 10분에 걸친 스트레칭이 끝나자 검사가 말했다.

"그럼, 쉬세요. 그래야 내일도 똑같이 훈련할 수 있으니까요."

"쉴 수 있을 리가 있냐, 언제 또 사일러드가 일을 저지를지 모르는데."

"그렇긴 하지만…… 그래도 조금 쉬는 게 좋을 겁니다. 다른 마법사랑 검사도 많잖아요. 믿고 맡길 수 있는 사람이 있는데 못 쉴 건 또 뭡니까?"

"……."

그 말도 맞긴 맞다.

적어도 난 지금 약간의 휴식이 필요한 상태는 확실하고, 그리고 이제 혼자가 아닌 '우리'란 게 생겼으니까.

"그러네. 너무 나만 생각했네."

지금은 검사의 말이 옳다고 생각했다.

만약 쉬다가 하늘에서 또 사일러드의 몬스터가 나타나면 1차적으로 검사와 조각사 들이 막아 줄 것이니 그 뒤에 내가 부랴부랴 나타나도 전혀 늦지 않으니까.

투기장을 검사들과 함께 나서면서 물었다.

"우리 마법사들은 어디에서 지내면 되지?"

"흠, 그게 문제네요. 지금 검사의 거리에 빈집이라곤 평민들이 살던 집밖에 없는데……."

"그럼 거기에서 지내면 되겠네."

괜한 걸 물은 기분이 들었다.

어차피 평민들은 전부 마법사의 거리로 이주시켰으니 검사의 거리에는 남는 장소가 분명히 존재하고, 그 수도 많으니까.

"그런데…… 아무것도 없을 텐데 괜찮으시겠어요? 하다 못해 이불도 없을 텐데. 평민들이 지내던 곳이니 다 들고 가서."

"나 마법사다. 마법사들에게 그런 건 문제가 되지 않아."

마법으로 만들면 그만이다.

"자, 그럼 난 내 집을 정하기 전에 한 가지부터 해결해야겠군."

그렇게 내가 향한 곳은 바로 검사 의회.

이곳에 검사 학교에서 데리고 온 셔먼이 있었기 때문이다.

검사 의회에 있던 셔먼을 데리고 의회와 가장 가까운 빈집에 그를 넣어 놨다.

그리고 한쪽 벽에 무릎 꿇리게 한 다음, 그의 양쪽 손목과 발목에 플레우드 속박 마법을 걸었다.

무슨 허튼짓을 할 줄 모르니 마법을 사용할 수 없도록 만든 것이다.

"……그냥 죽여. 날 데리고 뭘 하려고."

그는 여전히 분노로 가득한 눈빛을 한 채로 나를 노려봤다.

"난 절대 너를 내 보름달로 인정하지 않아."

"풉."

그 말을 듣는 순간, 나도 모르게 정말 웃음이 터져 나왔다.

"어이, 착각이 아무리 자유라지만. 너무 멀리 간 거 아냐? 누가 너더러 날 인정해 달래? 미안하지만……."

난 그의 눈높이에 맞춰 쪼그려 앉아서 강조했다.

"인정하는 입장은 네가 아니라 나야. 그리고 난 널 마법사로 인정하지 않아. 즉, 타일런트가 사라진 지금의 시대에선 넌 마법사가 아니란 거지."

"……."

셔먼은 더는 뭐라 말하지 못하고, 눈에만 잔뜩 힘을 줘 부라렸다.

"눈깔 착하게 뜨자. 드라코에겐 내가 인자하지 않아서 말이야."

짧은 기간도 아닌 300년 넘게 학생들을 재료로 삼았고.

그것을 오히려 자랑스럽게 여긴 족속.

절대 같은 마법사라고 할 수 없다.

그리고 지금의 대마법사는 바로 나, 아르키스 에이머.

내가 아르텔이란 이름의 학생이었을 때는 그들이 평가하는 입장이었겠지만, 이제는 아니다.

내가 그들을 평가하는 위치로 완전히 뒤바뀌었다.

"날 살려 둬서 뭘 하려고 그러지?"

"글쎄. 당장 떠오르는 건 없지만, 곧 떠오르겠지."

그렇게 난 셔먼을 방치한 채로 그곳에서 떠났다.

어차피 내 마법이 계속 있는 한, 셔먼은 마법을 사용할 수 없다.

'그래도 혹시 모르니 바이스한테 환각제를 계속 먹이라고 해야겠군.'

다 된 밥에 재 뿌리고 싶은 일은 없다.

마법을 사용할 수 없는 상태로 계속 만들어야 하니 확실히 하는 게 좋겠다는 생각이 들었다.

검사의 거리에서 지내기 시작한 것이 어느덧 한 달.

리프는 벌써 의사에게 그들의 물리적인 의술의 원리를 배우고, 그 원리를 토대로 만든 물약을 완성했다.

"아르키스 님! 정말 물리적인 치료가 대단하다니까요! 그 원리를 확실히 알고 만든 거니까 이건 자신할 수 있어요!"

예전에 몸을 강하게 만드는 물약을 처음 만들었을 땐 자신 없는 모습만 보이던 그녀가 지금은 완전히 흥분한 상태였다.

그만큼 자신 있다는 뜻이다.

"기대되는데."

에밋 가문이라 하면 물약의 대가가 아닌가.

그런 에밋 리프가 저렇게 자신감 넘치는 모습을 하니 나도 빨리 효능을 시험하고 싶었다.

한 달 사이.

사일러드의 몬스터는 규칙적인 주기로 나타났다.

2~3일에 한 번씩 몬스터들이 쏟아지는 것이었다.

역시 전부 비전력으로 만든 몬스터들.

그때마다 나와 조각사, 가렌트의 검사들까지 늘 합을 이루며 몬스터들을 처리했다.

다행히 아직까지 죽는 불상사가 나오진 않았지만, 그래도 몬스터와 직접 대면해서 싸우는 검사들은 부상을 자주 입었다.

그때마다 바이스가 나서서 치료 물약을 건네주었는데, 검사들은 그것을 보물 여기듯 했다.

마시는 물약이 아닌 바르는 것이었는데, 바르는 것만으로도 그들이 가진 약보다 훨씬 효과가 좋았기 때문이다.

검사들도 이제 마법사들이랑 제법 친해져서 서로 불편한 게 하나도 없었다.

그러던 중, 누군가가 내 등 뒤를 가볍게 툭 쳤다.

"……너냐."

가렌트였다.

"그간 훈련의 성과 한번 시험해 보지 그래?"

그가 제안했다.

한 달 동안 훈련을 계속했으니, 비전력을 한번 시험해 보는 게 어떠냐는 제안이다.

"흠…… 한 달 가지고 성과가 나오긴 해?"

"짧은 기간이긴 한데, 그래도 확인해 봐야 하지 않겠어? 전보다 비전력을 더 오래 사용할 수 있게 된다면, 비전력에 필요한 강인한 신체에서 지구력이 가장 중요하다는 게 입증되는 거니까."

……이놈이.

이렇게 논리적인 똑똑한 말도 다 하고. 조금 의외였다.

그리고 그도 나의 성과를 상당히 기대하는 눈치였다.

"그래, 그러자. 나도 확인해 보고 싶으니까."

"투기장으로 가자!"

그렇게 가렌트와 함께 투기장으로 향했다.

도착한 투기장.

이젠 투기장에서 풍기는 땀 냄새마저 고소하고 정겹게 다가왔다.

처음 들어섰을 때처럼 역하진 않고, 오히려 편안한 마음이 생기기까지 했다.

"후우~."

투기장의 천장을 쳐다보며 깊은 심호흡을 한 번 내쉬었다.

그러자 가렌트가 다시 내 어깨를 툭 치며 물었다.

"긴장되냐?"

"아무래도 그렇지."

"또 쓰러질까 봐?"

"아니, 성과가 미미하면 어쩔까 싶어서."

쓰러지면 다시 일어나면 그만인데, 성과가 미미하면 앞으로 어떻게 해야 할지 갈피를 잡을 수 없다.

난 그게 걱정스러운 거다.

비전력을 끌어올리지 못하면 사일러드와의 전쟁을 지속하더라도 끝은 패배로 정해져 있으니까.

"그런 걱정 말어. 마법에 마음가짐도 중요하다며? 벌써부터 그런 소극적인 마음가짐이면 될 것도 안 되지 않겠냐?"

"……넌 그런 말을 누구한테 들었냐?"

기특하면서도 참 신기했다.

마법 구현에 마음가짐의 영향이 100%라고 봐도 무방한데 검사인 녀석이 저렇게 먼저 말하니까 의외였다.

"우리도 이제 마법사랑 친해지지 않았냐. 나도 궁금해서 물어본 거지."

"호기심이 원래 많은가 봐?"

"음……."

가렌트는 잠시 곰곰이 생각했다.

"확실히. 그런 말을 자주 들었던 것 같아. 검사로서도 어떻게 하면 빨리 강해질까, 이런 호기심으로 가득해서 공부하고 그랬으니까."

"검사도…… 공부를 하는구나. 그냥 훈련만 잘하면 되는 줄 알았더니."

"에이, 그건 아니지. 우리도 책 많이 읽어, 《검술 기본 교리》 같은 거. 이론을 알고 있어야 행동으로 옮기지. 이론도 모르고 바로 실천으로 할 수 있는 검사는 하나도 없어. 다 공부해야 하는 거지."

나도 과거를 잠깐 회상해 보면.

책을 읽는 검사는 본 적이 있지 않던가?

마법사와 검사의 거리가 처음 나뉘었을 때, 검사의 거리에 있는 보육원에 가기 위해 검사의 거리에 다가갔을 때 우릴 막아섰던 그 두 명의 검사.

그러고 보니 둘 다 얼굴을 분명히 기억하는데 여기에선 보이지 않았다.

그 말은 검사 학교에 있다가 희생당했다는 뜻이겠지…….

그런 생각 때문에 표정이 좋지 않았다.

"왜 또 표정이 심각해져? 뭐 문제 있어?"

"아니야, 아무것도."

굳이 말해 뭐 하나.

어차피 이건 가렌트도 별로 듣고 싶어 하는 말이 아닐 게 분명한데.

잡생각을 떨쳐 내듯, 고개를 휙휙 저으며 이제 마음을 다 잡았다.

"가렌트. 저 천장, 날아가도 난 모른다?"

"상관없어. 어차피 천장 뻥 뚫리면 하늘에서 몬스터가 언제 나오는지 우리가 바로 확인할 수 있으니까 오히려 진즉에 없애야 했던 거 아냐?"

기존에도 훈련 도중에 사일러드의 몬스터가 나타난 적은 더러 있었다.

그때마다 검사건 조각사건 누군가가 부리나케 투기장으로 달려와 우리에게 알렸고, 우린 훈련을 바로 중단하고 뛰쳐나갔다.

"나 참…… 생각하는 방식 정말 독특하다니까."

"현실적이면서 실용적인 거지."

가렌트는 답하며 손짓을 보였다.

이제 잡담은 그만하고, 얼른 그 비전력을 시험하자는 손짓이다.

"그래. 해 보자."

그리고 난 천장에 플레우드 보주화를 띄웠다.

⚜

"크흐으윽······."

셔먼이 갇힌 검사의 거리 빈집.

셔먼은 여전히 에이머의 플레우드 마법에 단단히 속박되어 움직일 수 없는 것은 물론, 마법도 사용할 수 없었다.

그러나 그는 일개 본교의 교수와는 다른 사람이다.

한때 드라코 타일런트를 직접 옆에서 보좌했던 문지기.

직급으로만 놓고 보면 친위대장 라믹 데이먼보다도 위에 있는 사람이다.

그렇기에 어떤 돌발 행동이 나올지 몰라, 에이머는 안전장치를 단단하게 쳤다.

바로 셔먼에게 환각제를 지속적으로 투약하는 것.

단, 정신이 붕괴되면 안 된다.

바이스의 환각제는 순수하게 마법 구현을 방해할 정도로만 정신을 난잡하게 만들면서도 온전하게 놔둘 수 있었다.

그리고 정신이 붕괴되면 안 된다는 이유는 위의 세계로 가는 모든 길이 막힌 지금, 셔먼만이 기존의 길을 알고 있고 자유롭게 포털도 열 수 있는 유일한 마법사이기 때문이다.

사일러드를 잡기 위해선 에이머도 위의 세계로 가야 하기에 그를 일단 살려 둔 것이다.

보통 마법사들이 사용하는 환각제는 마법 구현을 아예 못하게 하기 위해 약효를 끔찍하게도 강하게 만들었다.

소위 말해, 약발이 너무 좋아 정신이 아예 붕괴되어 마법을 구현하는 법을 까먹게 만드는 수준이었다.

그런 셔먼이 길을 여는 법을 까먹게 되면 밑의 세계는 평생 고통만 받고 끝나지 않는 싸움을 시작하게 되는 것을 막기 위한 조치였다.

그리고 셔먼에게 환각제를 투여하는 일은 순번으로 돌아가면서 한다.

살아남은 조각사들도 한가로운 게 아니다 보니 한 사람이 셔먼을 전담할 수 없어 바이스에게 약만 받아 이곳으로 오는 방식이다.

이번에 셔먼이 갇힌 집에 온 사람은 바로 에드 분교 교감 출신, 에드 루트였다.

"그 잘나신 문지기가 한순간에 이 꼴이라니. 참, 적인데도 측은한 마음이 들 정도군."

루트는 고개를 절레절레 저으며 쪼그려 앉았다.

그리고 바이스에게서 받아 온 물약 병뚜껑을 따며 말했다.

"자, 밥 먹을 시간이야."

루트는 셔먼의 양쪽 볼을 꼬집듯, 힘을 세게 주었다.

루트도 검사들과 함께 지내면서 간단한 운동은 공유받았기에, 악력은 마법사 중에서도 강했다.

결국 셔먼의 입은 벌어졌고, 루트가 그 위로 물약을 쪼르르 떨어트리려고 할 때였다.

콰악-!

"크흑!"

마법을 사용할 수 없는 셔먼.

그는 그 대신 루트의 손을 물어 버렸다.

살점을 발라 버리겠다는 일념이라도 가졌는지, 절대 놓지 않았다.

"세상에!"

그때 루트의 등 뒤에서 문이 벌컥 열리는 소리가 나며 여성의 목소리가 들려왔다.

그리고.

지이잉-!

시력을 앗아 갈 빛의 봉인검 하나가 생성되어 셔먼의 이마를 때렸다.

그 덕분에 루트의 손은 셔먼의 이로부터 해방될 수 있었다.

문을 멋대로 열고 들어온 사람은 바로 루트와 함께 밑의 세계에서 반격을 같이했던 루스 릴이었다.

"……당신이 여길 어떻게 왔어요?"

가장 중요한 것은, 릴은 셔먼에게 환각제를 투여하는 순번에 포함된 마법사가 아니다.

이것 또한 에이머가 조치했던 일 중 하나다.

셔먼은 대마법사 바로 아래라고 볼 수 있는 문지기를 지냈던 자.

그렇기에 어떤 돌발 행동과 변수가 발생할지 모르니 조각사 내에서도 상위권 역량을 가진 마법사만이 셔먼에게 약을 투여하도록 했다.

루트, 임펠, 니드, 트레샤, 알프릭, 바이스.

이 여섯 명이 그 역할을 맡은 마법사들이었다.

루트와 임펠을 제외한 에드 가문 내에서도 상위권으로 인정받는 나일론도 불안해서 포함하지 않을 정도로 신중한 조치였다.

그런 릴이 갑자기 모습을 드러내니 루트의 머릿속에서 물린 곳에서 오는 통증은 이미 잊었다.

"……그냥 지나가다가 창문을 통해 물린 걸 봐서 그런 거예요. 얼른 먹이기나 해요."

릴은 루트와 시선을 마주치지 않고 우물쭈물하게 답했다.

"……."

루트는 그런 그녀의 태도가 이상했지만, 일단 투약이 먼저지 않은가.

다시 약을 투약하려고 할 때였다.

"손으로 하지 마요. 마법으로 해요. 또 그러다가 물려요."

"언제부터 내 걱정을 그렇게 했다고? 어둠 원소사라고 싫어하지 않았나?"

"……딱히 그쪽 생각하거나 좋아서 그런 거 아니거든요? 같은 조각사끼리 걱정하는 게 뭐 이상한 일이에요?"

도리어 이번엔 화를 내는 듯한 목소리였다.

"나 참."

루트는 일단 다시 셔먼에게 약을 투여했다.

이번엔 릴의 조언대로 마법을 사용한 투여다.

강제로 입을 벌리게 하고, 그 속으로 바이스의 물약을 전부 따랐을 때다.

"커헉! 컥컥!"

셔먼은 기침을 하며 고개를 세차게 저었다.

누가 보면 두피에 벌레가 기어 다니고, 그걸 뿌리치기 위한 몸부림으로 보였다.

동시에 셔먼의 눈가엔 눈물이 맺혔다.

그 정도로 고통스러운 것이다.

물약의 대가, 에밋 가문.

그 에밋 가문에서도 가주 바이스가 셔먼을 위해 특별히 만든 맞춤형 물약이니까.

"나갑시다."

일을 끝낸 루트는 릴을 데리고 나왔다.

"세상에! 손!"

릴은 루트의 손을 보고 다시 기겁했다.

루트가 물린 곳에 살이 조금 파여 피가 약간 맺혔기 때문
이다.

"이리 와요! 칠칠하지 못하게 왜 다치고 그래요? 물약 먹
이는 일이 다칠 일도 아닌데!"

"……?"

릴은 그대로 루트의 손목을 붙잡고 어딘가로 끌고 갔다.

그녀가 검사의 거리에서 지내고 있는 빈 평민의 집이었다.

집에 도착한 릴은 어떤 상자 하나를 가지고 오더니, 그것
을 자연스럽게 열었고 안에서 하얀 붕대를 꺼냈다.

"……뭐 하세요?"

당황스워진 루트가 물었다.

"손이나 내놔요! 나도 여기 의사들한테 이런 응급처치 정
도는 배웠으니까!"

이번에도 버럭 소리를 내며 답하는 릴이다.

"……예?"

릴은 멋대로 루트의 다친 손을 잡고 소독약을 바른 다음
붕대를 감겨 주었다.

"아니…… 이런 상처는 물약이 더 나은데 왜 굳이?"

"아! 좀! 시끄러워요! 배운 거 써먹는 거니까!"

릴은 여전히 소리만 버럭 질러 댔다.

그렇게 붕대를 다 감은 릴은 상자를 후다닥 치우고 루트에게 격한 손짓을 보였다.

"다 했으니까 이제 나가요! 다음부터 다치지 말고!"

"……예?"

이건 또 무슨 상황인가.

멋대로 데려와 놓고는 이젠 또 침입자 취급을 하며 나가라니.

그런 릴의 행동은 루트에게 고개만 갸웃할 뿐이다.

결국, 루트가 일어나지 않자 릴이 직접 그의 몸을 일으켜 세우고 등을 떠밀며 집에서 내보냈다.

콰앙-!

그리곤 릴은 황급히 등을 돌리며 문을 세게 닫았다.

"……뭐, 뭐야?"

말로 설명할 수도 없는 당혹함이다.

"풉. 내가 이럴 줄 알았다니까."

그때 루트의 옆에서 또 다른 여성의 목소리가 들렸다.

에밋 리프였다.

"……리프 씨? 언제부터 있었어요?"

"저 루스 아가씨 왜 이렇게 귀여워?"

"……응? 갑자기 그건 또 무슨 소립니까?"

"들릴 거 같으니까. 자 자, 가면서 말합시다. 내가 엄청 재 밌는 걸 방금 눈으로 목격한 거니까."

리프의 입가는 연신 배시시 웃고 있었다.

도대체 뭐가 그렇게 재밌다는 걸까.

루트는 일단 그녀와 나란히 걸으며 릴의 집에서 멀어졌다.

"저 루스 아가씨. 루트 씨가 순번이 될 때마다 뒤를 졸 졸 따라다녔던 거 알아요? 집사 찾는 길고양이인 줄 알았 다니까?"

"……네?"

"도둑도 아니고 루트 씨가 셔먼이 있는 집에 들어갈 때마 다 창문을 통해서 훔쳐보고. 아, 엄청 귀엽고 웃겼다니까 정 말. 흐흐흐."

심지어 릴은 배까지 부여잡으며 웃음을 흘렸다.

"……언제부터요?"

"언제부터긴 언제부터야, 처음부터였지."

"엥……?"

"이건 여자의 직감으로 하는 추측인데, 우리 그때 같이 라 믹 가문을 공격했을 때 있죠?"

"네."

"그때 루트 씨가 저 아가씨를 구해 줘서 반한 거 같던데? 눈빛이 그때부터 달라졌어. 그리고 저렇게 미행까지 하고.

저 루스 아가씨 눈엔 루트 씨가 백마 탄 왕자님으로 보였나?
후후. 아, 루트 씨는 검정색이니까…… 흑마 탄 왕자님? 푸
푸퓹!"

이젠 거의 놀리는 것 같은 목소리다.

"설마요. 루스는 어둠 원소를 얼마나 싫어하는데요."

하지만 루트에게는 별로 와닿지 않는 말이었다.

"남자가 이렇게 둔해서야. 쯧쯧."

리프는 진심으로 혀를 찼다.

"그러니까~ 너희들이 그 드라코 가문의 마법사들이다?"

마법 학교 본교가 있는 위의 세계.

타일런트는 본교 6층의 강당에서 검은색 마법사 몇 명을
모아 놨다.

한 달.

그가 철문에서 나오고 나서 흐른 시간이다.

한 달 동안, 마력을 밑의 세계로 흘려보내 몬스터를 만드
는 과정에서 사일러드는 적어도 밑의 층으로 향하는 방법은
찾았다.

하지만 그가 찾은 방법은 정식적인 포털을 여는 게 아닌,
비전력이라는 강력한 자원을 이용해 무식하게 길을 뚫어 버

린 것이다.

본교도 층에서 층을 넘기 위해선 포털이란 통로가 필요한데, 사일러드가 가진 힘이 원체 강력하기도 하거니와 이미한 달이나 지난 시점이기에 그는 힘을 완벽하게 운용할 수 있던 상태였다.

그래서 층과 층 사이에 있는 일종의 균열을 깨 버리고, 억지로 틈을 벌려 내려올 수 있었다.

그렇게 꼭대기에서 6층.

다시 6층부터 1층까지.

사일러드는 본교에 잔존한 드라코 마법사들을 6층 강당으로 한데 모았다.

숫자는 네 명.

전부 본교가 건재했을 때 각 층의 교수로 활동하던 마법사들이다.

"……네."

그중 여성 마법사 하나가 답했다.

4층의 교수, 드라코 베인이다.

베인을 포함한, 생존한 드라코 가문 마법사들은 사일러드의 등장만으로 그의 몸에서 풍겨져 나오는 아우라를 느꼈다.

절대 대항하지 마라.

그리고 의문을 품지도 마라.

본디 본능이란 것은 신비한 감각을 탑재한 인간의 초월적인 감각이라 할 수 있는데.

그 본능이 말한 것이다.

어떻게 할 수 있는 상대가 아니다.

무조건적인 복종. 그것만이 살길이라고 본능이 알려 주었다.

"뭐, 좋아. 그 난리 통에 살아남은 것들이니 쓸 만한 구석은 있겠지."

사일러드는 네 명의 드라코 마법사들을 바라보며 입맛을 다셨다.

"내게 있어서 쓸 만한 구석이란 건 밑의 세계로 향하는 거다. 너희들은 또 드라코 가문의 마법사들이니까 알고 있겠지?"

사일러드의 생각이 바뀐 이유.

이미 한 달이나 넘게 자신의 소환수들을 흘려보내며 밑의 세계를 괴롭혔다.

그런데 에이머는 꿈쩍도 하지 않았고, 오히려 흘려보낸 다수의 소환사들을 간단히 제압하는 게 아닌가?

사일러드는 그렇게 괴롭히면 적어도 에이머가 직접 위로 올라올 줄 알았다.

그는 한때 이곳을 직접 관리하고 대마법사까지 지낸 인물이니까, 이미 소멸한 길 정도는 간단히 재건할 수 있다는 믿음으로.

소환수를 밑의 세계로 보내면 시야를 공유할 수 없다.

그것은 밑과 위의 세계가 서로 다르기에 그런 현상이 나온 것이다.

정확히 말하면, 밑의 세계로 보내면 무언가가 자꾸 자신을 가로막는 느낌이 들었고, 그로 인해 자신이 만든 소환수임에도 밑의 세계로 넘어가면 제어권을 잃는 것만 같았다.

그래서 사일러드는 결국, 결론을 내렸다.

이렇게 계속 보내기만 하는 건 자신의 힘을 쓸데없이 버리는 것이라고.

그리고 어떻게 밑의 세계에서 비전력으로 만든 신물을 그렇게 간단히 제압하고 있는지 직접 확인해야 하는 과제도 생겼다.

따라서 결론은 자신이 직접 가야만 하는 상황에 놓인 것이다.

"……."

하지만 그의 물음에 드라코 마법사 전원은 입을 꾹 다물고, 시선을 땅으로 내리깔았다.

강아지가 꼬리를 보이지 않도록 숨기듯, 내리는 것과 똑같이 보였다.

"뭐야? 왜 그따위 반응들이야? 드라코 가문의 마법사들인데 몰라? 밑의 세계로 향하는 포털을 여는 법."

억지로 무식하게 힘으로 밑의 층으로 오는 걸 성공하고,

희망을 얻은 사일러드는 그 뒤로도 밑의 세계로 향하기 위해 억지로 힘을 사용했지만 번번이 실패로 끝났다.

본교라는 같은 장소를 오르락내리락하는 건 가능했지만, 밑의 세계라는 완전히 다른 공간으로 가는 건 여전히 불가능했던 것이다.

그래서 이번에 사일러드는 개인적인 야망을 품은 질문을 건넸다.

"……모릅니다."

베인이 대표로 답했다.

그리고 그것은 그가 원하는 답이 아니다.

"왜?"

심기가 불편해진 사일러드는 베인을 무섭게 노려보며 되물었다.

"저희가…… 아무리 드라코 가문의 마법사라고 하더라도 문지기가 아닌, 일개 교수는 밑의 세계로 마음대로 갈 수 없기 때문입니다."

"내가 철문 속에 있으면서 다 들었어. 본교도 원래 방학이란 게 있었잖아. 아르키스 에이머 그놈이 여기에 입학하고 나서 타일런트가 없앤 거고. 너희들은 방학 때 밑의 세계로 가지 않았나?"

"가긴 갔지만…… 그 포털은 저희가 연 게 아니라서 그렇습니다. 입학 담당자, 그리고 문지기 셔먼. 이 둘만이 포털

관리권인 차암을 가지고 있었습니다……. 그것도 A등급으로……."

"하~ 나 참."

포털을 열기 위해 필요한 필수품, 차암.

결국, 이게 없으면 밑의 세계로 가기 위한 포털을 자력으로 열 수 없다는 뜻이 된다.

하지만 사일러드가 모은 드라코 가문의 마법사의 수는 고작 넷.

이 중에 입학 담당자는 물론, 셔먼도 없었다.

"자, 그럼 다음 질문."

이어질 사일러드의 질문에 긴장을 바짝 한 드라코 가문의 마법사들은 침을 꿀꺽 삼켰다.

질문은 분명히 무언가를 할 수 있냐, 없느냐를 물을 것이다.

제발 자신들이 할 수 있는 질문이 나오길 바랐다.

"시간을 주면, 길을 다시 만들 수 있나? 에드 에타르 놈이 요상한 마법을 사용하는 바람에 길이 전부 사라진 것쯤은 나도 안다. 재건할 수 있느냐는 뜻이야."

'하아…….'

베인을 포함한 드라코 가문의 마법사들은 속으로 깊은 한숨을 쉬었다.

차암이 없기에 이것은 자신들이 할 수 없는 것이다.

따라서 그들의 기대는 눈에 보이지도 않는 곳으로 멀어지기만 했다.

　"표정 보니 못 하는 모양이군. 그럼 질문을 다시 바꾼다."

　"……."

　"시도라도 해 볼 텐가?"

　그러면서 사일러드는 늑대 한 마리를 소환했다.

　사족 보행인 동물에 지나지 않는데도, 크기가 사람 선 키보다 컸다.

　그리고 날카롭게 뻗은 이빨과 그 사이로 줄줄 흐르는 침.

　크르르르르-!

　늑대는 드라코 가문의 마법사들을 호화스러운 음식을 보듯 했다.

　"못 하면 얘 먹이가 되는 거고. 선택은 자유."

　이런 상황에 자유란 말이 가당키나 할까.

　할 수 없어도 일단은 시도라도 해야 했다.

　"……네. 하겠습니다."

　베인은 합리적으로 생각해, 답했다.

　어차피 선택지는 하나밖에 존재하지 않았다.

　"한 달 준다. 그 안에 성과 없으면……."

　사일러드는 스스로 말을 끊고, 자신이 소환한 늑대의 털을 쓰다듬었다.

　"말 안 해도 알겠지."

"……."

다시금 드라코 가문의 마법사들은 침을 꿀꺽 삼켰다.

"오오~ 좋네, 좋아. 보이진 않는데 뭔가 막 느껴지는데?"

내가 딱 투기장 천장에 플레우드 보주화를 구현했을 때다.

그런데 가렌트의 반응을 보고 의아했다.

느껴지다니?

플레우드가?

플레우드는 같은 플레우드가 아니고서야 느끼는 것도, 보는 것도 불가능하다.

이것은 같은 마법사도 절대 느낄 수 없는 것이다.

꼭대기에서 타일런트와 싸울 때 그가 내 마법을 볼 수 있었던 건 한번 직접 몸으로 맞아 본 적이 있었기에 그렇다.

즉, 경험이 없는 사람에겐 플레우드는 눈에도 보이지 않는 암살 마법이라고 할 수 있다.

'그런데 가렌트는 느끼고 있다, 플레우드를.'

가렌트가 장생하고 있는 것은 그가 대검사 신분으로 꼭대기에 있을 때, 봉인석에서 나오는 하얀 빛에 맞았기에 가능하다고 했었다.

'정말…… 그로 인해서 마력이 생긴 게 맞나?'

난 이제 가렌트에게 신경이 뺏겼다.

"야, 에이머야. 너 어째 잡생각 하는 거 같다? 정신 집중! 몰라?"

가렌트는 내 표정만 계속 주시하고 있었다.

내가 다른 생각을 하자마자 귀신같이 알아차리고, 훈계를 시끄럽게 늘어놨다.

'그래, 일단은 신경 끄고. 내 일부터 처리하자.'

나는 서서히 플레우드 보주화를 비전력으로 바꾸기 시작했다.

쿠구구구구궁-!

반응은 바로 왔다.

투기장 천장이 요란한 소리를 내면서 분해되었고, 플레우드 보주화 속으로 빨려 들어가 소멸하기 시작했다.

"오~ 저런 거구나~."

가렌트의 눈엔 그저 잔해들이 허공에서 사라지는 걸로 보일 거다.

난 비전력 변환에 더욱 집중했다.

"음?"

그런데 가렌트가 뭔가 의아함을 표했다.

이어서는 연신 고개를 갸우뚱거리기까지.

갑자기 저런 상태를 보이니, 괜히 신경이 갔다.

'왜 저래······? 플레우드 비전력 보주화로 공격하는 것도

아닌데.'

일단 가렌트 쪽은 신경에서 최대한 지우고, 보주화에 계속 집중했다.

오늘의 목표는 처음부터 이것이었으니까.

그리고 집중을 이어 가던 중.

뚜둑.

드디어 그 위험의 신호가 느껴졌다.

그 순간 다급하게 난 비전력을 중단했다.

"후우……."

훈련을 하지도 않았는데 한 것처럼, 몸에 힘이 쫙 빠진 느낌이다.

난 그 자리에 주저앉았다.

"어때? 성과는 조금 있어?"

가렌트가 가장 기대하는 눈초리로 물었다.

그리고 확실히…….

성과는 있다.

"좋은데……? 지구력, 그게 정답이었던 것 같다."

몸에 힘이 빠지긴 했으나, 이제 비전력을 사용하면 몸이 다치는 수준은 아니다.

위험의 신호를 내가 알아차리고, 중단하고 싶을 때 중단할 수 있는 수준은 되었다.

한 달 전과 비교하면 확실히 눈부신 발전이다.

"얼마나?"

하지만 가렌트 입장에선 다른 사람의 몸.

그렇기에 얼마나 발전을 이뤘는지 수치화하여 제대로 답해 달란 뜻이다.

"너에게 훈련받기 전엔 전생의 10% 수준이었는데. 지금은 어림잡아 30%쯤은 되는 것 같다."

"오! 기분 좋은데? 우리의 훈련 방식이 마법사에게도 정답이었다니!"

가렌트는 나보다 진심으로 기뻐하는 표정이었다.

그런데 그의 표정이 갑자기 무표정으로 변하며, 고개를 갸웃거리더니 내게 한 가지를 물었다.

"그런데 에이머, 네가 그 보주화인가 뭔가 하고 있을 때 말이야."

"응."

"막…… 뭐가 눈에서 연상되면서 느껴지는 게 있던데. 원래 그런가?"

"……눈에서 연상된다고?"

플레우드 보주화를 느낀 것도 용한데, 연상되는 무언가가 있다고 하니 나도 의아했다.

"막 뭐가 보여, 누군가 내게 알려 주듯이."

"너 그래서 아까 계속 갸우뚱한 거냐?"

"……응."

"그래, 뭘 봤는데?"

"내가 이렇게 자세를 잡고……."

가렌트는 다리를 일정한 간격으로 벌려 자세를 잡았다.

검술 자세다.

당장이라도 돌격할 수 있는, 돌진의 자세다.

"검을 뽑은 순간!"

그가 눈에서 본 것을 그대로 재현하기 시작했다.

대검집에서 대검을 뽑아 들며 도약했던 그때.

휘이이잉.

"……?"

투기장엔 바람 한 줄기가 불었고, 내 볼을 스쳤다.

그리고 가렌트는…….

"으잉? 이게 뭐야? 나 언제 여기까지 왔냐?"

진심으로 깜짝 놀라며 소리쳤다.

실제로 그가 이미 당도한 곳은 투기장 벽 끝.

거리로만 치면 족히 30m는 됐다.

도약 한 번으로 그 거리를 간, 말도 안 되는 상황이다.

그리고 난 내 볼을 어루만졌다.

'방금 그 바람의 느낌은 분명히…….'

자연의 바람이 아니다.

가렌트가 돌진한 순간 생긴 바람이다.

즉, 마법의 바람이었다.

"……야, 가렌트. 너……."

나도 처음 겪는 현상에 말을 더듬거렸다.

"왜? 뭔데?"

가렌트는 다시 내게 뛰어오며 물었다.

호기심이 상당히 깃든 표정이다.

"……방금 한 거 다시 해 봐."

가렌트 본인은 모르더라도, 난 확실히 알 수 있다.

방금 가렌트가 움직일 때 분 바람.

천장이 뚫리면서 투기장으로 들어온 자연의 바람이 아닌, 마법의 바람이었다는 것을.

하지만 아직 가렌트에겐 정확히 설명하지 않았다.

적어도 한 번 더 보고 싶었기 때문이다.

"그러니까, 이렇게 자세를 잡고……."

가렌트는 방금 했던 것을 재현하기 시작했다.

"검을 뽑으면서 이렇게!"

스응!

이번에도 검을 뽑으며 돌진했지만…….

바람은 불지 않았다.

게다가 그가 돌진한 비거리는 방금 전과 달리 고작 1m 조금 넘는 정도였다.

"뭐야? 이번엔 왜 안 되지?"

하지만 난 확신할 수 있었다.

가렌트는 스스로 마법을 사용한 것이란 걸.

"야, 가렌트. 너…… 분명히 마법을 사용한 거거든."

확신한 다음에야 가렌트에게 말해 줬다.

"응? 그게 가능해? 나 검사인데. 검사면 마법 못 쓰잖아?"

"그렇게 알려지긴 했는데…… 그럼 네가 처음 도약했을 때 비거리는 어떻게 설명할 건데?"

"아…… 그렇긴 하네?"

"게다가 그때 분 바람, 난 마법사라서 확실히 알 수 있어. 절대 자연의 바람이 아니야. 마법의 바람이지."

"에이…… 설마."

가렌트는 자신의 몸으로 직접 행한 일임에도 믿지 못하겠다는 반응이다.

무리도 아니다.

나도 지금 납득이 안 되는데 한평생 검사로서 활동한 그가 갑자기 마법을 사용할 수 있게 되었다고 하니 쉽게 납득할 수 있는 사람이 어디 있을까.

이것은 비단 검사들에게만이 아닌, 마법사들에게도 충격이 큰 현상이다.

"혹시 너의 플레우드 보주화, 그게 떠 있을 때만 가능한 거 아냐?"

가렌트가 물었다.

하지만 플레우드 보주화에 비마법사가 접촉할 경우 마법

을 사용할 수 있게 하는 효과 따위는 없다.

플레우드가 가진 성격은 소멸.

있는 것을 없앤다.

특히 원소 마법을 무효화하고, 없던 것으로 돌리는 성격만 가지고 있으니 오히려 비마법사에게 마법을 사용할 수 있게 하는 능력이란 게 있을 리가 없었다.

"그럴 리가 없을 텐데."

"한번 시험해 보자. 어차피 시험해 봐서 나쁠 거 없잖아."

하지만 가렌트는 적극적이었다.

무엇보다 자신이 직접 마법을 사용했다는 사실을 다시금 느끼고 싶은 마음으로 보였다.

난 선뜻 보주화를 구현하기가 망설여졌다.

아무리 생각해도 그다지 의미가 없다고 스스로가 단정 지었기 때문이다.

"왜? 또 사용하기 부담스러워서?"

가렌트는 오히려 내 몸 상태를 걱정하며 물었다.

"그런 건 아니야. 그래, 해 보자. 네 말대로 시험해서 나쁠 건 없으니까."

어차피 몸이 닳는 것도 아니고.

한 달 동안 쌓은 훈련의 성과는 실로 대단했으니까.

잠깐 구현하는 정도는 할 수 있는 상태다.

"그럼, 해 본다?"

"그래."

다시 플레우드 보주화를 띄웠다.

그리고 천천히 비전력으로 바꾸기 시작했을 때, 가렌트는 방금 보였던 동작을 느낌을 살리며, 한 번 더 시연해 봤다.

스응―!

그러나 이번에도 마찬가지다.

바람은 불지 않았고, 검이 뽑히는 날카로운 소리만 들려왔으며 그가 약진한 거리도 1m 남짓이다.

동시에 난 플레우드 보주화를 거뒀다.

"역시, 의미 없는 실험이었어."

"으음…… 도대체 뭘까? 아까 난 어떻게 해서 될 수 있었던 걸까?"

그렇게 우리 둘은 한동안 말이 없었다.

각자 생각에 잠긴 탓에 잠시 말문이 막힌 것뿐이었다.

그러다 문득, 가렌트가 무언가가 떠올랐는지 내게 물었다.

"에이머, 본래 마법 학교가 있었을 때, 학생을 어떤 식으로 선별하지?"

마법 학교의 학생이 될 수 있는지 없는지 어떻게 확인하느냐는 질문이다.

"식별용 오브가 있어. 마나를 낼 수 있는 재능을 가지고 있으면 그 오브가 반응하지."

식별용 오브는 마법 공학술로 만든 물건이다.

생김새에 특별한 건 없다. 그저 조금 큰 유리구슬 정도라고 보면 된다.

사용 방법은 간단하다.

오브에 손을 대고, 정신을 집중한다.

마력을 가진 사람이라면 그 오브가 반응하는데, 반응도 각양각색이다.

예를 들면 빛이 나거나 오브가 스스로 오뚜기처럼 좌우로 움직이는 식으로 다양하다.

그리고 그런 반응을 보이면 마법사가 될 수 있는 재능을 가진 학생이 맞기에, 바로 마법 학교로 입학시킨다.

"그거 한번 해 보고 싶은데…… 이미 분교건 본교건 전부 사라져서 불가능한가?"

나도 가렌트의 의견엔 동감이다.

분명히 마법을 사용한 것은 사실이니, 확실하게 확인하고 싶었으니까.

하지만 이제 본교도, 분교도 없다.

따라서 식별용 오브가 남아 있을 리가…….

"있네?"

거기에서 생각이 딱 멈췄다.

식별용 오브는 학교가 가진 물건.

그리고 조각사에는 분교장 출신이 둘이나 있지 않던가?

"있다니? 뭐가?"

"식별용 오브 사용할 수 있는 방법!"

"……마법 학교는 이제 없잖아?"

"기억은 사라져도 기록은 있듯이, 학교는 사라졌어도 분교장이었던 사람이 우리에게 둘이나 있잖아?"

"……아?"

가렌트의 눈빛이 전구처럼 빛났다.

⁂

의회에 보인 것은 나와 가렌트 그리고 알프릭이었다.

알프릭은 마법사의 거리에 있는 루스 가문 본가 창고에서 식별용 오브를 챙겨 왔다.

분교가 건재했을 때, 주로 밑의 세계에 있는 보육원생들을 대상으로 했기에 가문에서 보관 중이라고 했다.

그렇게 알프릭은 식별용 오브를 테이블에 놨다.

조금 큰 유리구슬 모양의 오브가 굴러서 떨어지지 않도록, 작은 방석까지 까는 치밀함을 보였다.

그리고 오브의 앞에 앉은 가렌트.

이번엔 긴장한 표정이 역력하다.

"후우……."

심호흡을 한 번 하고. 나를 쳐다보며 물었다.

"어떻게 하면 되는 거야?"

"오브에 양손을 댄 채로 정신을 집중해. 손은 절대 떼지 말고."

"정신을…… 집중한다? 방법을 모르겠는데?"

하지만 다시 머리를 쓰는 일로 돌아와서 그런가, 그는 갈 피를 잡지 못했다.

정신을 어떻게 하면 집중하는 것인지, 그것을 모르는 것으 로 보였다.

검사들의 정신 집중과 마법사의 정신 집중의 개념이 약간 은 다르니, 마법사들이 어떻게 하는지를 묻는 것이다.

"정답은 없어. 대신 이렇게 생각하면 편해. 네 영혼이 이 오브 안으로 들어간다, 몸이 들어가는 게 아니라 정신이 들 어간다, 이런 느낌이지."

"으음, 정신이 들어간다라……. 들으면 들을수록 더 어려 운데."

"아니면 상상해 봐. 네가 원하는 것을 이 오브 속에 채운 다는 느낌이지. 예를 들면…… 스노 글로브처럼."

구슬 속에 각종 조형물을 넣은 것처럼, 상상으로 아무것도 없는 오브를 직접 장식해 보라는 지시다.

"스노 글로브처럼……."

그 말을 주문처럼 곱씹던 가렌트는 드디어 눈을 감았다.

우린 그저 숨을 죽이며, 그의 정신 집중을 옆에서 지켜봤 다.

고요한 시간은 계속 흘렀다.

내가 시간을 슬쩍 확인한 것은 5분.

그나마 익숙해진 훈련은 5분이 정말 눈 깜짝할 사이 지나가지만, 침묵 속에선 시간의 속도가 더뎠다.

고작 5분인데 체감상으로는 20분쯤은 지난 것 같은 기분이었으니까.

하지만 여전히 오브는 반응이 없었다.

"끄으응……."

정신 집중이 의도하던 대로 잘되지 않았는지, 가렌트는 미간을 찌푸리며 신음을 흘렸다.

그가 여전히 눈은 감은 채로 내게 물었다.

"시간이 꽤 지난 거 같은데. 이러면 나한테 마법의 재능 같은 건 없는 거 아냐?"

"아니야. 시간은 중요하지 않아. 반응이 나오느냐, 그렇지 않느냐가 중요하지."

"……그래."

그렇게 다시 침묵의 시간.

가렌트는 어느덧 표정이 평온하게 변했다.

그리고 다시금 5분이 지났을 때였다.

휘이잉…….

아주 미약하게 들리는 소리.

"어……?"

동시에 알프릭은 오브를 보며 놀랐다.

"……."

나도 그와 똑같이 오브를 보고 놀라지 않을 수 없었다.

오브 속에선 작은 토네이도 몇 개가 서로 교차하며 천천히 움직이고 있었기 때문이다.

"아르키스 님, 이런 적이…… 있었나요?"

"없었지."

나와 알프릭이 단순히 검사인 가렌트가 오브를 반응하게 해서 놀란 게 아니다.

바로 오브 속에 있는 저 작은 토네이도들.

저것 때문에 놀랐다.

이유는즉슨, 식별 단계인 오브에서부터 저렇게 원소의 유형이 뚜렷한 적이 없기 때문이다.

괜히 마법 학교에 0클래스란 게 생긴 게 아니다.

해당 학생이 원소사인지 아니면 소환사인지는 이 식별 단계에서 알아차릴 수 없다.

보통의 학생들 경우라면, 앞서 말했듯이 오브가 수명이 다된 전구처럼 미약하게 번쩍이거나, 혼자서 움직이는 정도다.

하지만 그 정도만 돼도 충분히 마법의 재능이 있다고 판단할 수 있으니, 학생으로 뽑는 거다.

그런데 가렌트처럼 식별 단계부터 노골적으로 원소사이며, 그 원소가 어떤 것인지도 뚜렷하게 나타나는 경우는 나도 그렇고 알프릭도 본 적이 없었다.

'그럼 이거까지……?'

가렌트에게 한 가지 퀴즈를 내고 싶었다.

아주 간단한 퀴즈를.

"가렌트."

"응."

"그냥 질문이야. 편하게 답하면 돼."

"뭔데?"

"자, 나무에 새가 앉아서 쉬고 있어. 넌 나무와 새, 어느 쪽에 눈이 가지?"

에드 분교 0클래스에서.

더 정확히 말하면 내가 막 환생했던 그날.

도서관에서 스승님이 쓰신 책인 《입문 길라잡이》에서 나오는 질문이다.

지금은 그 책이 없으니 이렇게 직접 물어보게 됐다.

"어떤 나무인데? 나뭇가지가 풍성한 나무, 아니면 겨울철 나무처럼 시들시들한 나무?"

그런데 이놈은 답하라는 건 답하지 않고 쓸데없는 호기심을 보였다.

'그래도 나쁘지 않아. 호기심이 어릴 때부터 많은 편이라고 했지.'

마법사에게 있어서 호기심이란 건 이로운 작용만 하는 경우가 대다수다.

실제 검사인 가렌트도 강해지고 싶은 욕구가 있었고, 그 방법을 알고 싶은 호기심까지 겸비했다.

그 덕에 대검사로 거듭나게 된 것만 봐도 절대 불필요한 사고방식은 아니다.

마법의 재능이 있는 지금, 오히려 무조건 있어야 할 하나의 요소라고 볼 수 있었다.

"나무를 집요하게 묻는 걸 보니, 넌 나무에 눈이 가는 것 같은데?"

"그렇지?"

"다음 질문. 너 평소에 무슨 색 좋아하냐?"

"색깔? 회색!"

이번엔 당차게 답했다.

회색이면 바람 원소의 고유의 색.

정확히 일치하다.

하지만 난 여기에서 한걸음 더 나가고 싶었다.

"왜 회색이 좋아?"

"검사의 무기인 검의 날이 보통 회색이잖아. 그래서 좋은 것뿐이지. 난 검사로서 자긍심, 자부심 다 있으니까. 가끔은 자만심도 있고."

"……."

이유야 어찌 됐든, 가렌트는 바람 원소사의 성향을 가지고 있는 게 맞다.

"그런데 에이머, 이거…… 반응한 게 맞는 거야?"

가렌트는 이제 오브를 가리키며 물었다.

여전히 손은 떼지 않은 상태다.

"응. 네가 직접 그렇게 만든 거야. 손 떼 봐."

내 지시에 따라 손을 떼자, 작은 토네이도가 불던 오브는 다시 평범한, 아무것도 없는 투명한 유리구슬의 상태로 돌아갔다.

"거봐. 네가 손을 떼니까 저렇게 됐잖아. 네가 만든 게 맞다는 뜻이지."

"오……."

짧은 감탄을 흘린 뒤.

그는 생각에 잠긴 눈초리를 했다.

그리고 몇 초 지나지 않아, 벌떡 일어나며 내게 말했다.

"야! 에이머! 나 마법 사용할 수 있는 거 맞지? 나한테 마법을 사용하는 방법을 알려 줘! 내가 널 훈련시켜 줬으니까 너도 나한테 그 정돈 해 줘야지? 대검사 수업료가 얼마나 비싼데!"

갑자기 본래 예정에도 없던 게 생겨났다.

그러나.

"아르키스 님!"

"가렌트 님!"

의회엔 조각사 하나와 친위대원 검사 하나가 부리나케 뛰어왔다.

이 둘이 이렇게 헐레벌떡 뛰어왔다는 뜻은…….

"설마……."

발전 혹은 진화

틀림없이 하늘에서 사일러드의 몬스터가 다시금 튀어나왔다는 것이다.

나와 가렌트, 알프릭은 말없이 의회를 나섰다.

조각사와 친위대원 검사가 이렇게 호들갑 떨 일은 우리가 소위 말하는, '재앙의 하늘'이 다시 활동을 시작한 것이니까.

그렇게 의회에 나와서 하늘을 셋이 함께 올려다봤을 때.

나를 포함한 셋은 눈동자가 격하게 흔들렸다.

"……이게 무슨 일입니까, 아르키스 님? 저 학생들은 분명히……."

본교의 꼭대기.

사일러드는 오늘도 어김없이 밑의 세계를 괴롭히기 위해 이곳을 찾았다.

꼭 이곳에 있어야만 밑의 세계로 마력을 흘리는 게 가능한 건 아니다.

꼭대기의 철문과 봉인석은 이미 사라졌지만, 사일러드에 게는 조금 특별한 의미를 가진 곳이 되었다.

300년 넘게 자신이 봉인되어 있던 곳.

그리고 아르키스 에이머와 다시 조우한 곳.

그런 사소한 이유를 빼더라도 꼭대기는 말 그대로 본교의 정상.

즉, 이 자리에 있는 자가 정상이라고 생각하고 늘 밑의 세 계로 마력을 흘릴 때마다 이곳을 찾는 것이다.

밑의 세계가 땅이라면 본교가 있는 위의 세계는 하늘.

그 하늘에서도 가장 높은 곳에 위치하니, 세상의 주인이 된 기분이었다.

"이번엔 조금 힘들 거다."

사일러드는 땅에 손을 짚었다.

그리고 비전력을 흘리기 시작했다.

"그래, 신물엔 이미 익숙해졌다 이거지? 그럼 이건 어떨지. 헤이 조각이 꽤 재밌는 걸 가지고 있던데."

⁂

키에나, 헤이, 쿠로.

하늘에서 나타난 몬스터의 정체다.

정확히 말하면 키에나, 헤이, 쿠로 '들'이다.

그들은 라이칸의 날개를 등에 달고 있었다.

사일러드가 흘려보낸 몬스터들이 라이칸에서 나와 함께 생활했던 키에나, 헤이, 쿠로로 모습을 바꾼 것이다.

게다가 수를 족히 헤아려 보니 오백 명은 거뜬해 보였다.

"아르키스 님…… 이번엔 학생들이군요……."

알프릭이 제일 놀랐다.

똑같은 모습을 한 학생들이 검은 날개를 단 채 하늘을 뒤덮고 있다.

평생 살면서 본 적도 없는 광경이니 놀라지가 않을 수 없었다.

"정신 차려. 학생들 아니야. 그저 사일러드가 만들어 낸 하나의 생명체일 뿐이지."

하지만 그들의 실체는 이미 알고 있지 않은가?

사일러드가 꼭대기에서 탈출하기 위해 만든 계획.

그 계획을 실현하기 위해 만들어 낸 생명체.

모습만 인간과 똑같을 뿐, 근본은 인간이 아니다.

난 하늘에 뜬 세 학생의 모습을 보고도 그나마 태평함을 유지할 수 있었다.

"가렌트, 시작하자. 이번에도 부탁해."

"알았어!"

동시에 플레우드 보주화를 띄우고, 검사들에게 마법을 입혔다.

우리의 전투 방식은 늘 똑같다.

마법사는 검사에게 마법을 사용한다.

그리고 검사가 하늘을 향해 도약해서 공격할 때 사일러드의 몬스터들이 마법으로 대항하면 그것을 막아 준다.

선두는 검사. 그 뒤는 마법사가 보좌하는 역할이다.

애초에 사일러드가 비전력으로 만든 저 몬스터들은 물리적인 충격을 가해 소멸시키는 방법이 가장 확실하며 빠르다.

지금 내가 비전력을 조금 더 오래, 강하게 구현할 수 있다고 해도 한계가 명확한 작전이기에 큰 효과를 기대할 수 없다.

따라서 검사들이 쓰러지면 우리도 쓰러지게 된다.

그렇게 전투가 시작되고, 얼마 지나지 않았을 때다.

"끄악-!"

하늘에서 들린 검사의 외마디 비명.

쾅앙-!

검사 중 하나가 하늘에서 떨어지며, 굉음을 냈다.

소행성 하나가 떨어진 것과 같은 현상이었다.

'이상하다…… . 마법은 다 막아 줬는데 왜 떨어진 거야?'

황급히 떨어진 검사의 몸을 살폈다.

"크흐으윽……!"

그의 갑옷은 이미 부서졌고, 검까지 부서졌다.

그리고 가슴이 휑하게 뚫려 검붉은 피를 쏟아 내는 중이다.

'이상해. 마법은 분명히 사용하지 않았는데…… .'

그렇다면 물리적인 힘으로 인해 이렇게 되었다는 뜻.

'설마?'

다시 황급히 하늘을 올려다봤다.

"……이런."

내가 예상하는 광경을 직접 눈으로 목격한 순간, 난 하나
밖에 떠오르지 않았다.

이 재앙은 또 무슨 수로 헤쳐 나갈 수 있는 걸까.

이유는 바로 헤이가 에드 분교 5클래스에서 개발한 마법
을 지금 하늘을 뒤덮은 학생들이 전부 사용하는 중이다.

그렇다.

신체 능력을 극대화했던 헤이의 마법.

파이지컬이다.

"가렌트! 떨어져! 당장!"

목청이 터져라 소리쳤다.

그리고 강제로 난 검사들을 지상으로 내렸다.

그 마법의 본질은 내가 가장 잘 안다.

눈으로도 쉽게 좇을 수 없는 속도를 가지며, 힘으로는 절대 제압할 수 없다.

강인한 신체의 대표 주자라 할 수 있는 검사.

그것도 친위대원이 이런 꼴을 당한 것만 봐도 지금 검사들의 상태로는 파이지컬을 구현 중인 학생들을 당해 낼 수 없다는 뜻이 된다.

그나마 우리가 지난 한 달 동안 전투를 비교적 쉽게 지속하고, 계속 막아 낼 수 있던 것이 검사와 마법사의 조합이었다.

물리적인 힘으로 라이칸을 해치우는 게 가능했으니까.

하지만 이번엔 라이칸이 아니다.

헤이의 파이지컬을 사용하는 학생들, 즉 마법사다.

마법도 사용하며 파이지컬 덕분에 검사들에게도 힘으로 밀리지 않는다.

아니, 오히려 압도하는 중이라고 보는 게 옳았다.

가렌트를 포함한 친위대원들은 헤이의 파이지컬 효과를 모른다.

나도 저렇게 나올 줄은 몰랐으니, 따로 설명을 하지 않았다.

'사일러드…… 네 조각이었으니 헤이가 개발한 것도 이제 너의 것이 되었다는 뜻이냐?'

그렇지 않고서야 헤이의 모습을 한 몬스터뿐만이 아닌, 키에나 쿠로까지 파이지컬을 사용할 수 있을 리는 없을 테니까.

"……에이머, 저 몸을 덮은 검은 불꽃은 뭐야? 칼이 들어가지도 않던데."

가렌트가 물었다.

그조차도 이미 단단한 강철처럼 변해 버린 학생들의 몸을 뚫지 못했다는 뜻이다.

"이번에 검사들은 나서지 마. 저 마법으로 무장한 이상, 검사들에게 방법은 없어."

"……저 마법이 뭔데?"

"나중에 설명하지. 지금은 여유가 없으니까. 저 검사 옆이나 지켜 줘."

이미 하늘에서 떨어진 검사를 말하는 것이다.

"……미안하다. 저 검사는 가망이 없을 것 같아."

이번엔 작게 가렌트에게 속삭였다.

가슴이 이미 휑하니 뚫려 사라졌는데 아무리 신체가 튼튼한 검사라고 한들, 살아날 방법이 있을까.

파이지컬을 구현한 헤이의 주먹 한 방에 저렇게 된 것이 분명했다.

'비전력…… 헤이가 가졌던 몸…… 그리고 파이지컬까지. 이 삼박자가 맞아떨어지면 저런 괴물이 탄생하는 거군.'

고작 주먹 한 방으로 친위대원 검사를 저세상으로 보낼 정도라니.

직접 보고도 믿기 싫었다.

그렇기에 이번엔 내가 모든 것을 해결해야 했다.

띄워 놓은 플레우드 보주화를 더욱 거대하게 만들었다.

그리고 플레우드 보주화에서 뾰족한 가시들을 추가했다.

"벌(Bur)."

스승님이 예전에 나의 이 마법을 보곤, 밤송이 같다 하여 붙인 이름이다.

플레우드 보주화는 이제 수많은 가시가 박힌 거대한 구체가 되었다.

플레우드 보주화가 회전하기 시작했고, 그 힘을 받아 가시들은 뻗어 나와 하늘에 있는 모든 학생들의 몸에 가시를 꽂았다.

푹—!

푸부부부북—!

하지만 학생들은 아픈 기색도 내지 않았다.

마치 둠 리포졸이 공격당했을 때와 반응이 같았다.

분명히 모습은 생명체와 같지만, 정작 생명은 깃들지 않은 피조물의 느낌이다.

정말 그런 것인지, 아니면 실제로 고통을 못 느끼는 것인지.

어느 쪽인지는 알 수 없지만, 확실한 것은 지금 저 공격으로는 소멸시킬 수 없다.

'처음부터 이거 하나만 쓰려고 한 게 아니야.'

벌은 어디까지나 학생들의 몸에 플레우드 원소를 연결하기 위한 것. 살상용으로 사용한 게 아니다.

링킹을 사용하는 전제 조건과 비슷한 거다.

나는 그 상태로 플레우드 보주화를 이룬 마나를 빠르게 비전력으로 바꾸기 시작했다.

부글부글-!

그러자 효과는 바로 나왔다.

벌에 찔린 상태는 달리 말하면 현재 플레우드 보주화에 연결된 상태다.

그것을 통해 비전력이 주입되니, 소멸의 효과가 나타나기 시작했다.

학생들의 몸이 흉측하게 끓어오르는 것이다.

그리고 결정적으로, 처음 벌에 찔렸을 땐 반응도 없던 학생들이 비전력을 주입하기 시작하자 적어도 당황한 모습을 보였다.

몸에 불이 붙어 정신을 차리지 못하고 그저 불을 끄려는 것처럼, 자신의 몸 여기저기를 더듬기만 했다.

벌을 떼어 내기 위한 몸부림이었지만, 이미 늦었다.

뚜둑.

'나도 늦겠군.'

하지만 하늘에 있는 학생들의 수가 족히 오백 명은 넘는다.

한 번에 너무 많은 양을 나 혼자 감당하다 보니, 한계의 신호가 빨리 찾아왔다.

'이번에…… 끝낸다.'

전부를 소멸시킬 때까지 계속 비전력을 유지하는 것은 무리라고 판단, 일격에 한 번에 끝내야 했기 때문에 나도 강수를 뒀다.

퍼버버벙-!

바로 터트리는 것.

이미 벌에 찔리고 비전력으로 터트린 것이니, 아무리 비전력으로 만들어졌다고 한들, 플레우드 비전력 앞에선 당해 낼 방법이 없다.

그렇게 하늘을 덮었던 학생들을 동시다발적으로 터져 나가기 시작했으며.

쏴아아아아-!

하늘에선 새빨간 소나기가 내렸다.

딱 거기까지 확인한 난 그대로 정신을 잃었다.

털썩!

"으음……."

눈을 떴을 때, 익숙한 곳이 나를 반겼다.

최근에 들어서야 익숙한 곳이다.

그 전까지는 낯선 곳이었다는 뜻이다.

가렌트의 집이었다.

"일어났냐? 몸은 좀 어떻고?"

눈을 뜸과 동시에 가렌트가 물었다.

"아…… 괜찮아."

난 답하면서 창밖의 풍경을 확인했는데, 이미 깜깜해져 있었다.

낮에 정신을 잃었으니, 밤까지 내리 잠만 잤다는 뜻이다.

"끄응~."

그래도 확실히 가렌트의 훈련의 성과는 놀랍다.

밤까지 기절했다는 것은 달리 말하면 밤까지 아무것도 안하고 푹 잤다는 뜻.

그래서 눈을 떴을 때, 몸이 쑤신 기분보다는 상당히 개운했다.

"이거라도 마셔라."

가렌트가 컵에 물을 따라 주고 건넸다.

"아, 고맙다. 마침 필요했었는데."

밤까지 정신을 잃은 탓에 입은 이미 말라서 까끌까끌한 참이었다.

물을 그렇게 한 컵 들이켜고 나자, 가렌트가 진지하게 물었다.

"그 마법, 뭐야? 몸을 검은 불꽃으로 덮는 거."

"그 학생들 중에 가장 키가 크고 근육이 발달한 학생의 모습, 기억하지?"

일단, 파이지컬을 설명하기 위해선 이 설명이 필요하다고 판단했다.

"어떻게 잊겠냐?"

"그 학생 이름이 헤이야. 반면에 그중 유일한 소녀는 키에 나고. 나랑 같이 에드 분교 0클래스부터 본교까지, 몇 년을 함께 생활했던 친구들이지. 심지어는 나에겐 없는 기억이지만 이 몸의 원래 주인과 그 둘, 이렇게 셋은 검사의 거리에 있었던 보육원 출신이란다."

"친구들이라……."

친구란 말에 가렌트의 표정이 침울하게 변했다.

"정확히 말하면 친구들'이었지'. 그 학생들의 정체는 사일러드가 비전력으로 창조한 생명체야. 우리 사람과는 달라. 처음부터 사람이 아니었어. 사람 흉내를 내는 창조물이지."

"마법사들의 세계는 정말……."

가렌트는 말끝을 흐렸다.

말도 안 되는 것을 이미 함께 겪는 중이니 더는 부정하지 않았다.

오히려 자신의 예상한 범주란 게 있는데 그것을 훨씬 뛰어넘는 일만 연속으로 일어나니 조금은 해탈한 모습이 엿보이기도 했다.

"그래서 그 마법이 정확히 뭔데? 검은 불꽃으로 덮는 거."

이제 이것을 설명할 차례다.

난 그렇게 가렌트에게 그 헤이가 만든 마법, 파이지컬을 설명했다.

보통의 마법사는 기존에 사용한 마법보다 더욱 복잡하며, 강한 마법을 만들기 마련이다.

그런데 헤이는 그렇지 않았다.

헤이는 본래 검사 학교 입학 테스트에도 통과했던 몸.

즉, 가진 몸으로만 놓고 따진다면 마법사보단 검사 쪽이 더욱 어울리는 성향이라고 설명했다.

그런 헤이가 만든 마법 파이지컬.

기존의 마법 상식을 완전히 뒤집는 마법이었다.

바로 마법을 직접 삼키면서 신체 능력을 극대화하는 마법.

힘은 더욱 강하게. 스피드는 더욱 빠르게.

딱 거기까지 설명했을 때다.

"……그래서 내 검이 녀석들을 뚫지도 못하고, 심지어 검사 중 하나가 당한 거군."

하늘에서 떨어진 검사를 말하는 것이었다.

"결국 어떻게 됐어, 그 검사?"

아픈 곳이긴 하지만, 확실히 아는 게 좋지 않은가?

가렌트에겐 미안하지만 굳이 캐물었다.

"네가 말한 대로……."

그는 말끝을 흐리며 답했다.

이미 내가 쓰러진 사이에, 그는 다른 세상으로 갔다.

"……미안하다, 전혀 예상 못 한 일이라서. 사망자가 나오고 말았네."

한 달 동안, 사일러드의 몬스터와 전투를 치르면서 다치는 검사는 심심찮게 발생했지만, 적어도 죽은 검사는 없었다.

하지만 오늘, 하나의 공식이라고 할 수 있는 그것이 무참하게 깨졌다.

"왜 네가 사과해? 녀석도 함께 싸우다가 간 거니까 너를 원망하진 않을 텐데."

"그래도…… 사일러드만 내가 제대로 막았다면 이런 일은 일어나지 않을 거니까."

사일러드 때문에 잃은 사람이 벌써 몇인가.

약 300년 전에는 내 스승님. 그리고 여덟 명의 검사.

300년 후에는 에타르와 검사까지.

진전은 없는데 희생만 계속 늘어 가는 불쾌한 기분 때문에 나도 무기력한 마음이 들었다.

"우리 잘못도 있어. 상대를 완전히 얕본 거잖아. 솔직히 나도 라이칸을 상대하다 보니 어느샌가 긴장감이 사라졌거든. 마법사들과 함께라면 다칠 일도 별로 없고, 다쳐도 경상으로 끝이었으니까."

가렌트는 나를 위로하고 싶은 마음이 컸는지, 나만의 책임이 아니란 걸 강조했다.

"그러다 보니 해이해진 거지. 검사가 일격에 그렇게 나가 떨어질 줄 누가 알았겠어. 그건 나도 마찬가지야. 내가 먼저 간 그 녀석보다 강해서가 아닌, 순전히 운이지. 그래서 우리 검사들은 그 녀석한테 고맙게 생각해."

"고맙게…… 생각한다니?"

"자신의 목숨을 대가로 교훈을 다시 알려 주고 간 거랑 똑같잖아. 상대를 얕보면 안 된다는 그 기본."

"……정말 너희 검사들의 그런 사고방식은, 아무리 같이 지내도 익숙해지지가 않네."

아무리 명예를 중요시한다고 하지만, 동료의 죽음도 저렇게 받아들일 줄은 몰랐다.

죽음을 슬퍼하는 것으로 끝이 아니라 먼저 간 동료를 통해 교훈을 획득한다.

확실히, 우리 마법사들은 이런 것을 생각해 본 적은 없는 것 같았다.

"그리고 네가 잠든 동안 이걸 받았어."

가렌트는 물약병 하나를 흔들며 보여 줬다.

그런데 하나가 아닌 두 개였다.

"리프가 만든 거? 근데 왜 두 개야?"

"하난 너한테 전해 달랬어. 넌 쓰러진 상태였으니까."

"아······ 너랑 내 거구나."

"그리고 에이머. 우리의 훈련 방식은 전부 알려 줬으니 이제 누가 옆에서 지도하지 않아도 될 것 같은데. 넌 어떻게 생각하지?"

갑자기 이 얘기를 꺼내는 게 의아했지만, 무슨 생각이란 게 있지 않을까.

난 일단 고개를 끄덕이며 답했다.

"동감이야."

"그래서 말인데, 앞으로의 훈련을 바꾸자."

"······뭘 바꿔? 지도하지 않아도 된다면서."

"그게 아니라, 이제 나한테 마법을 알려 달라고. 나 마법 사용할 수 있는 거 맞잖아. 그런데 활용법을 모르니 내가 원할 때 사용 못 하는 거고."

다시 전투가 일어나기 전, 가렌트는 분명히 바람 원소사의 성향을 노골적으로 보였다.

실제로 그가 바람 원소 마법을 사용한 것을 난 직접 보지 않았던가?

분명히 사용할 수 있는 상태인데, 그 사용법을 모르는 것뿐이다.

"알프릭 그 가주에게 들었어. 오브랑 질문의 답변. 그 정황으로 봤을 땐 바람 원소사가 확실하다고."

아무래도 내가 쓰러진 사이 따로 알려 준 듯했다.

"맞아. 그런데 넌 그중에서도 특이한 경우야."

"특이……?"

"응. 식별 단계에서 그렇게 노골적으로 원소사이며, 그 원소가 어떤 것인지도 나타나는 사람은 없었어. 나도 처음 보는 광경이고. 게다가 나와 투기장에 있을 때 보여 줬던 그 돌진. 그때 분명히 바람 불었잖아. 바람 원소사가 확실해."

"오호…… 그럼 이제 쉬운 거 아니야? 바람 원소는 확실하니까, 바람 원소를 마법을 사용하는 방법만 터득하면 되는 거니까."

"그런데 역으로 또 묻고 싶은데."

"뭘?"

"왜 그렇게 마법에 집착해? 어차피 네가 직접 마법을 내지 않아도 지원하는 우리가 있고, 냉정히 말하면 지금 네 수준의 마법은 마법 학교 0클래스 학생 수준이야. 기본이 없는 거라고."

이것은 숨기지 않고 그대로 대놓고 말했다.

원소가 무엇인지는 알지만, 활용법을 모르니 0클래스 학생과 똑같은 거다.

"너를 처음 훈련시켰을 때, 너에게 난 이렇게 말했지."

"뭐? 그 당시 내 상태로는 1급 검사도 못 이긴다는 거?"

"응. 그 말이 부메랑이 되어 나한테 돌아오다니. 참, 세상 순리란 게 재미있어, 그렇지?"

그런데 내 예상과는 달리 가렌트는 낙천적인 답을 보였다.

"그리고 마법에 집착하는 이유는 오늘 일 때문이야."

"……오늘 일?"

"지원을 받는 게 한계가 있단 거잖아. 상대는 직접 마법을 사용하고, 그것으로 신체까지 강화하니까 대마법사인 너의 마법을 지원받아도 죽는 사람이 생겨났으니까."

나를 탓하는 목소리는 아니다.

엄연히 지원과 자발적으로 마법을 사용할 수 있는 것에 큰 차이가 있다고 깨달았음을 강조하는 말이다.

"……부정할 수 없지."

"그래서 집착하게 되는 거야. 검술과 마법이 합해지면 다양한 방식으로 대응할 수 있다고 믿으니까. 그리고 그건 분명히 단순히 지원을 받는 것과는 차원이 다르고."

적어도 자신만큼은 마법을 사용할 수 있는 게 확실하니, 일단 마법을 알려 달라는 뜻은 완고했다.

우리 마법사는 지원하는 포지션에 지나지 않지만.

검사들은 직접 사일러드의 몬스터와 맞서서 싸운다.

그렇기에 그 일선에 있는 가렌트가 적어도 자신만이라도

마법까지 사용이 가능하면, 나의 부담도 조금은 줄어들지 않겠냐는 뜻이었다.

"그러니까 지금 괜찮으면 바로 시작하자."

간곡함이 느껴지는 부탁이었다.

"……."

난 잠시 고민하다가, 이불을 걷어 내며 일어났다.

"그래. 어차피 리프한테 받은 약은 이것만 있는 게 아니잖아."

이미 수면을 억제하는 물약까지 받은 검사들.

그래서 나의 훈련은 계속될 수 있었고, 검사들도 피곤함을 잘 느끼지 않았다.

"대신 나도 조건 하나 걸자."

"뭐?"

"리프가 이번에 만든 물약은 효능 좀 실험해 봐야 하니까. 내 훈련을 조금 진행하고, 바로 마법 구현 방법을 알려 줄게. 어때? 이러면 좀 괜찮은 조건이려나?"

"원하던 조건이지."

가렌트는 빙긋 웃으며 답했다.

"자, 그럼 마시자. 리프가 새롭게 개발한 물약."

"그래!"

그렇게 우리 둘은 동시에 리프의 새 물약의 병을 따고, 동시에 꿀꺽꿀꺽 넘겼다.

델세르는 집에서 마법 연습에 열중이었다.

그녀가 연습 중인 마법은 에드 분교 6클래스에서 에이머에게 받은 숙제.

유나이티다.

"다녀왔습니다~."

그때 그녀의 집 문이 열리며 리프가 모습을 드러냈다.

바이스, 리프, 델세르.

이렇게 셋이 좁은 집에서 함께 지냈다.

집은 비좁은데 셋이 함께 지내는 것에 대해서는 이곳에 잇는 에밋 가문의 생존자 그 누구도 불만을 갖지 않았다.

오히려 기뻤다.

서로 오랜 기간 떨어져 있어야 했는데, 지금은 당당하게 함께 지낼 수 있으니까.

"어디 갔다 오니?"

바이스가 물었다.

바이스는 느긋하게 차를 마시던 중이었다.

"아, 이번에 개발한 물약요. 그거 검사들한테 다 나눠 줬죠."

"검사들이 좋아하더냐?"

"음, 아직은 모르죠, 마시기 전이니까. 그런데 신기하게 보긴 했어요."

"좋아했으면 좋겠는데……."

바이스의 진심이 담긴 바람이다.

리프는 시선을 돌렸을 때, 구석에서 눈을 감고 플레우드를 제외한 모든 원소의 기본 구체를 구현한 델세르의 모습이 눈에 들어왔다.

"……매일 보면서 이상했는데. 언니, 저거 뭐 하는 거래요? 얼마 전부터 구석에서 저것만 하네."

"아르키스 님의 숙제."

"엥? 아르키스 님이 뭐가 아쉬워서 언니한테 저런 숙제를 내?"

황당하게 답하는 리프.

그도 그럴 것이 지금이 한가한 상황도 아닌데, 가주였던 바이스를 제외하고, 델세르에게 저런 숙제를 냈다는 게 이해가 되지 않았다.

"아, 최근에 받은 게 아니고 에드 분교 6클래스 시절에 받은 숙제야."

"에드 분교 6클래스……? 언제 적이야…… 아르키스 님은 기억도 못 하실 거 같은데."

"야, 시끄럽다. 이거 정신 집중이 엄청 중요한 거거든! 쫑알쫑알 까불지 마라."

하지만 델세르는 원하는 성과가 나오지 않아 이미 신경이

곤두섰다.

게다가 그런 그녀에게 제일 만만한 것은 동생인 리프.

실제로 두 자매는 에드 분교에서 몇백 년 만에 재회를 했음에도 감동의 눈물을 펑펑 쏟기는커녕 육두문자가 오가지 않았던가.

"어휴, 저 성질머리. 그런데 아버지, 저 마법 뭔데 플레우드만 뺀, 다른 원소 구체를 펼쳐 놓은 거래요?"

"유나이티라는 마법이지."

"무슨 마법인데요?"

"이미 구현한 타 원소 구체를 플레우드로 변환하는 거."

"······그게 의미가 있나? 그냥 플레우드를 처음부터 구현하면 그만 아니에요?"

"의미 없어 보여도 저거 7서클 마법이란다."

"······."

리프는 잠시 말문이 막혔다.

"예에?"

7서클 마법이란 말에 깜짝 놀랐다.

7서클이라 하면, 바이스도 구현할 수 없는 경지의 마법이기 때문이다.

"아니······ 아르키스 님이 뭐가 아쉬워서 언니한테 저런 걸 시켜······? 아버지도 못 하는 걸."

"아 씨, 진짜!"

결국, 델세르는 폭발하고 말았다.

리프는 절대 도발의 의미가 아니었는데, 신경이 이미 곤두선 델세르에겐 전부 도발로 다가왔다.

델세르는 그 자리에서 벌떡 일어나 플레우드를 제외한 원소 구체들을 리프에게 겨눴다.

"차가 식었군."

바이스는 둘을 말리기는커녕 오히려 차가 식었다는 핑계로 자리에서 일어나 자리를 비켜 줬다.

굳이 말릴 이유가 없다고 생각한 탓이 컸다.

"……언니, 지금 나한테 뭐 하는 거야?"

리프는 어이가 없는 표정으로 물었다.

"쫑알쫑알 까불지 말라고 경고했는데 어긴 게 누군데?"

델세르는 진심으로 공격할 의사를 표출했다.

그리고 그것은 곧바로 행동으로 바뀌며, 리프를 향해 어둠 원소 구체를 날렸다.

"지금 시국에 어둠 원소 구체로 날 공격해……? 진짜 미친 거야?"

"시끄러워. 동생이란 년이 언니가 예민한데 까불기나 하고. 기강이나 잡아야지."

"……나한테 화풀이하겠다는 거야?"

"네가 자초한 일이잖아."

델세르는 리프를 향한 공격을 멈추지 않았다.

쿠당탕—!

쾅!

쾅!

비좁은 집 안에서 부서지는 소리가 한가득 울려 퍼진 순간
이다.

"아오! 진짜!"

결국, 똑같이 화가 난 리프는 플레우드 구체를 구현했다.

날아오는 델세르의 타 원소 구체를 전부 요격하며 막아 내
기 시작했다.

"이게 반항까지 해? 미안하다는 말은 못 할망정?"

그런 행동에 또 화가 난 델세르.

다시 리프를 향한 맹공격을 퍼부었다.

이번에도 플레우드 구체는 없었다. 한창 유나이티를 연습
중이었기에 의식적으로 플레우드 구체 구현은 스스로 제한
했다.

리프가 그렇게 플레우드 구체로 델세르의 공격을 전부 요
격하던 중.

빡—!

"어억……!"

무언가 리프의 이마를 강타했고, 리프는 그대로 뒤로 넘어
졌다.

"……어라?"

놀란 목소리를 먼저 낸 사람은 바로 리프.

그녀는 다시 벌떡 일어나며 자신의 이마를 때린 구체를 확인했다.

델세르의 대지 원소 구체였다.

"⋯⋯어어?"

이어지는 델세르의 목소리.

그녀도 리프와 똑같이 놀란 상태다.

이유는 분명히 리프의 이마를 때린 대지 원소 구체는 이미 리프가 플레우드 구체로 요격한 구체였기 때문이다.

플레우드 구체로 요격하면 대지 원소 구체는 소멸해야 한다.

그런데 델세르의 대지 원소 구체는 그 뜻을 거스르고, 리프의 플레우드 구체에 이미 한번 요격되었음에도 형태가 온전했다.

그 뜻은.

"델세르, 너 설마⋯⋯?"

그 광경을 조금 떨어져서 지켜본 바이스도 입이 자동적으로 벌어졌다.

"유나이트에 성공한 거야⋯⋯?"

그렇지 않고서야 대지 원소 구체가 리프의 이마를 때릴 리가 없었다.

"설마⋯⋯."

델세르는 자신이 직접 이뤄 낸 성과임에도 불구하고, 믿기지 않아 허공에 뜬 대지 원소 구체를 멍하니 쳐다봤을 때.

갈색의 대지 원소 구체는 색을 잃더니 투명하게 변했다.

누가 보더라도 손색없는 완벽한 플레우드 구체다.

"……어어."

델세르는 처음에 얼떨떨한 반응을 보이더니, 조금 지나자.

"꺄아아악!"

기쁨에 찬 괴성을 질렀다.

그러곤 리프를 와락 껴안았다.

"네가 도움이 되는 날이 있다니! 진짜 오래 살고 볼 일이다!"

"…….."

그러나 리프는 표정이 썩어 갔다.

'이럴 땐 칭찬이 나와야 하는 게 정상 아닌가?'

그런데도 이 순간을 놓치지 않고 계속 사람을 긁어 대는 말을 하다니.

정녕 델세르가 친언니가 맞긴 한 건지 의문스러웠다.

"꺄하하하하!"

델세르는 실성한 사람처럼 요상한 웃음을 흘렸다.

그러곤 문으로 뛰쳐나가 벌컥 열었다.

"어디 가게!"

리프가 묻자 델세르는 여전히 상기된 얼굴과 목소리로 답했다.

"아르키스 님한테!"

"……아니! 쓰러져 계신 분을 왜 찾아가!"

"시끄러워! 그런 거 안 중요해!"

지금 델세르에게 중요한 것은 숙제를 완벽히 해냈단 사실밖에 없다.

비록, 조금 시기가 많이 늦긴 했으나 어쨌건 해낸 건 틀림없는 사실이니까.

델세르는 그렇게 기쁜 마음으로 어둑한 검사의 거리를 전속력으로 뛰었다.

✤

가렌트와 함께 온 투기장.

하도 자주 오다 보니 투기장이 두 번째 집으로 느껴질 정도다.

그리고 가렌트는 대검사 친위대원들을 전부 호출했다.

목적은 하나.

리프가 새롭게 개발한 물약의 효능을 제대로 체험하기 위해서다.

"자, 늦은 시간에 불렀다고 불만 가질 놈은 없어 보이고. 내가 챙기란 거 다들 잘 챙겼지?"

친위대원들이니 난 가만히 있고, 가렌트가 나섰다.

"넵!"

"자, 그럼 다들 물약 시원하게 들이켜라!"

가렌트에 지시에 따라 친위대원들은 일제히 물약을 들이켰다.

그리고 빈 병은 투기장 한곳에 모아 두고, 다시 정렬했다.

"음…… 뭐 특별한 게 느껴지진 않네."

물약을 마신 직후의 검사들의 반응이다.

당연한 반응이다.

치료 물약이나 외모를 바꾸는 물약이 아니고선 마시자마자 무언가 느껴지는 경우는 잘 없으니까.

"그럼 다들 훈련 시작."

가렌트는 거두절미하고 본론으로 넘어갔다.

그렇게 검사들은 각자 목검 도르래를 하나씩 차지했고, 훈련하기 직전이었다.

나와 가렌트도 남은 목검 도르래를 하나씩 집었다.

"기대되는데, 뭐가 어떻게 달라졌을지."

가렌트의 말이다.

그건 나도 동감이다.

리프가 제대로 배우고, 맞춤형으로 만든 물약은 과연 전과 얼마나 달라졌을까.

그렇게 우리의 훈련이 시작되던 그 순간이다.

끼리리릭-!

동시에 시끄러운 쇠사슬 소리가 투기장을 채웠고.

"음?"

똑같이 검사들은 일제히 행동을 멈췄다.

"이게…… 말이 되나?"

이어지는 갸우뚱한 모습들.

나도 그들이 왜 저런 반응을 보이는지 알 것 같았다.

'가벼워.'

이번에 내가 잡은 목검 도르래엔 30킬로그램짜리 아령을 이었다.

평소엔 10킬로그램짜리만 계속했는데 무게를 3배나 올린 것이다.

이는 나를 제외한 다른 검사들도 마찬가지다.

특히 처음 이 도르래를 내게 알려 준 검사.

그 검사는 무거운 바위를 연결하지 않았던가?

바위를 전용으로 사용한 검사는 무려 두 개의 바위를 연결했다.

평소보다 2배의 강도로 진행한 것이다.

그런데 고작 한 번 목검을 내렸을 뿐인데, 느낌이 정말 달랐다.

본래 어깨에 무거운 무언가가 내려앉은 것 같은 기분이 들어야 정상이고.

목검을 내릴 때도 팔이 조금은 떨려야 했는데, 그런 게 없었다.

"……세상에 이런 게 가능해? 이렇게 쉽게 힘이 세지냐고."

검사들에겐 처음 겪는 현상.

이질적이면서도 신기하게 다가오는, 말로 형용할 수 없는 감정이 도사리고 있단 것을 그들의 눈을 통해 알았다.

"일단…… 계속해 보자. 평소보다 오래 할 수 있는지."

침착함을 유지한 검사는 가렌트밖에 없었다.

그렇게 검사들은 가렌트를 따라 도르래를 내렸다 올리기를 반복했다.

약 30분이 지난 뒤.

"……한 손으로도 가능한데? 어디 결리는 느낌도 안 나고."

심지어 이제 검사들은 한 손으로 목검을 내렸다.

본래 두 손으로 내려야만 내려갔던 목검이.

고작 물약 하나 마셨다고 무게를 평소보다 최소 2배 이상으로 늘린 것도 모자라, 한 손으로 들게 된 것이다.

"우와, 진짜 기가 차네."

하지만 이제 검사들은 신기한 모습을 보이지 않았다.

오히려 해탈한 표정들이다.

나도 그 심경을 이해한다.

그들이 저 경지로 오르기 위해 얼마나 많은 시간과 노력을 쏟아부었던가?

검사들이 하는 훈련의 특징.

성과가 바로 눈에 나타나지 않는다.

차곡차곡 몸 안에 쌓여 어느샌가 훈련의 성과가 나타나는 방식이다.

도르래도 나처럼 10킬로그램짜리 아령으로 시작했을 검사들.

그런 검사들은 늘 단계를 밟았다.

10킬로그램으로 시작해 일정 기간 익숙해졌다면, 이제 15킬로그램, 혹은 20킬로그램으로 늘려 다시 또 일정 기간 훈련한다.

그렇게 몇 년, 혹은 몇십 년을 걸친 노력들이 고작 물약 한 방으로 사라지게 된 기분을 느꼈으리라.

"뭐야? 다들 분위기 왜 이래? 그렇게 부정적인 것도 아니잖아. 이 물약이 있으면 더 강해질 수 있다는 건데. 왜 부정적으로만 생각해?"

가렌트가 나서서 검사들의 정신을 다잡았다.

"……아, 네."

"에이머 너는 나랑 검술 대련이나 하자."

"그래."

목검 도르래는 어느덧 몸풀기 수준으로 익숙해진 나였기

에 훈련의 메인은 가렌트와의 검술 대련.

벌써 이 훈련도 한 달이 넘었다.

물론, 한 달 넘게 지속했어도 내 가검으로 가렌트의 몸을 가격하는 일은 일어나지 않았다.

가렌트는 검사 중에서도 가장 강한 대검사.

그런 가렌트의 몸에 내 가검이 쉽게 닿을 리도 없었고, 가검이 그에게 닿는 순간에 나도 순수 검사라고 한다면, 꽤 쓸만한 검사가 되어 있을 거란 믿음으로 훈련을 진행할 때다.

"자세는 확실히 좋은데, 여전히 스피드가 문제야."

내 공격을 막으며 여유로운 지도도 빼놓지 않았다.

"그렇게 노골적으로 움직이면 다 보인다니까!"

퍽!

"악!"

그리고 문제점이 발견되면 곧장 빈틈에 가검을 내리치며, 꽤 과격하게 일렀다.

훈련의 시간이 무르익을 때쯤.

투기장에 의외의 손님이 찾았다.

"아르키스 님!"

바로 델세르다.

델세르는 지난 한 달간, 나와 마주친 적이 없다.

어디에 박혀서 뭘 하는지.

사일러드의 몬스터가 나올 때 빼고는 함께 검사의 거리에서 지내는데도 얼굴 보기가 힘들었다.

그런 그녀가.

지금은 잔뜩 흥분한 채로 나를 찾았다.

"……무슨 일이야?"

"이거요!"

대답과 동시에 내게 선보인 마법 하나.

에드 분교 6클래스에서 내준 숙제, 플레우드 7서클 마법.

유나이트다.

플레우드를 제외한 6개의 원소 구체를 전부 나열한 뒤.

그것을 하나도 빠짐없이 플레우드 구체로 전환하는데, 군더더기도 없으며 부족한 부분도 없다.

완벽히 해낸 순간이다.

태생적으로 6서클이 한계인 에밋 가문의 일원인 그녀가 한계를 뚫고 도달한 것이다.

"델세르…… 너……!"

이것이 시사하는 바는 상당하다.

한계란 거.

노력하면 충분히 돌파할 수 있는 것.

바이스를 폄하할 생각은 없지만, 바이스는 델세르에 버금가는 노력이란 걸 하지 않았을 가능성이 크다.

그런데 그의 딸이 멋지게 해낸 순간이다.

"해냈구나!"

난 그녀에게 달려가 와락 안았다.

"아으윽······!"

한창 가렌트와의 훈련을 진행 중이라 이미 몸은 땀에 절었지만, 그런 거 고려할 생각도 들지 않았다.

솔직히 기대도 하지 않았던 델세르의 성장.

내가 와락 껴안은 것도 그저 기특해서가 아니다.

앞으로 델세르에게 알려 줄 수 있는 범위가 확연하게 늘어났단 뜻이다.

그녀의 태생적 한계인 6서클도 뚫었는데.

그 상위 단계인 7서클, 8서클.

혹은 대마법사 수준인 10서클까지.

뚫지 말란 법이 어디 있는가?

"어쩌다 된 거야?"

"음~ 리프랑 한바탕하다가요!"

"······응?"

그런데 터득한 과정이 상당히 독특하다.

한바탕했다는 뜻은, 둘이 싸우다 저도 모르게 터득했다는 건데······.

뭐, 어차피 상관없나.

결과물인 터득한 게 중요한 거지.

"아르키스 님!"

"응."

"비록, 조금 늦긴 했지만! 저 계속 제자 할 수 있죠? 그런 거죠?"

그녀가 이렇게 늦은 시간에 부리나케 뛰어온 이유도 아마도 이것 때문으로 보였다.

"내가 언제 공식적으로 제자 자격 박탈한다고 한 적 있었나?"

"아…… 분교 6층에서 꼭대기로 향하실 때 저는 빼놓고 가셔서 그런 줄 알고……."

"그거야 네가 멋대로 해석한 거지. 난 그런 말 한 적 없잖아? 버린다는 의미도 타일런트와 싸울 때 짐이 될 거라고 했던 거지. 제자 자격 그 자체를 박탈한다고 한 적은 없었 잖아."

이에 델세르는 곰곰이 생각했다.

"그러네요. 괜히 제가 조급해서 멋대로 생각한 거네요."

"응. 네가 멋대로 해석한 거야."

"아무튼! 다음 마법은 뭡니까?"

델세르의 눈은 반짝반짝 빛났다.

새롭게 알려 줄 플레우드 마법이 뭔지 궁금해하는 눈초리다.

"으음……."

나 역시도 다음엔 무엇을 알려 줄까 고민했다.

사실 플레우드는 7서클 마법인 유나이트를 익힌 시점부터 그 서클이란 개념이 퇴색되기 마련이다.

플레우드의 최종 도착지는 결국엔 자유자재로 컨트롤할 수 있는 변환.

즉, 유나이트가 플레우드로서 익혀야 할 마법의 끝이라고 보면 된다.

예를 들어 대지 원소 보주화를 구현했다고 치면, 그것을 플레우드 보주화로 단숨에 바꾸는 것과.

마나로 이루어진 보주화를 나처럼 비전력 사용자가 비전력으로 바꾸는 것.

전부 기본 원리는 유나이트이기 때문이다.

따라서 델세르가 익힐 플레우드 마법은 이제 없다고 봐도 된다.

나머지는 자신이 필요한 마법이나 전투에 어떤 형태의 플레우드 마법이 강력할지, 그것만 스스로 연구하면 된다.

내가 오늘 쓰러지기 전에 선보였던 벌(Bur)이 그런 이유에서 탄생한 마법이다.

하지만 델세르는 분명히.

플레우드 마법을 더는 배울 게 없겠지만, 스스로 다시 도달해야 할 경지는 남아 있었다.

"다음 마법은……."

무엇을 가르쳐 주면 좋을지 고민하던 때, 번뜩 떠올랐다.

'그래, 7서클 수준의 경지에 도달했으면 그것도 가능할 거

야.'

"보주화를 시도해 보는 건 어때?"

"……예? 보주화는 9서클 마법이라면서요."

하지만 역시나 델세르가 스스로 생각했을 땐 너무 거대한 마법이라고 받아들이는 모양이다.

그도 그럴 것이, 본교 6층 생활을 할 때, 당시 6층 교수였던 셔먼에게 델세르만 거부당하고 강제로 교실 밖으로 쫓겨났다.

게다가 보주화는 원소 마법의 오의라 불리는 마지막 마법.

바이스도 따로 물약을 복용하지 않는 이상 자력으로 구현 불가능한 마법이다.

그래도 괜찮다.

분명히 델세르는 자력으로 6서클의 한계를 뚫고 유나이트를 구현했으니까.

"이 스승님이 있잖냐. 할 수 있어. 게다가 넌 혼자서 유나이트도 익혔으니까."

시도해서 나쁠 거 없다.

안 되면 말고란 생각도 들지 않는다.

델세르라면.

시간이 조금 걸린다고 하더라도 분명히 익힐 수 있을 거란 생각이 들었다.

"……네! 알려 주세요!"

내 말 덕분에 자신감을 얻었을까.

그녀는 시도하겠단 의지를 보였다.

"바로 보주화로 넘어가기엔 네 상태로는 조금 무리야."

아쉽게도 델세르는 플레우드지만, 기반이 조금 부실한 플레우드.

따라서 조금 더 견고하게 다질 필요가 있다.

그러기 위해선.

"둠 리포졸부터 다시 시작하면 돼. 둠 리포졸은 현존하는 마법 중 마나 소모량이 가장 많으니까. 그래서 타일런트도 둠 리포졸의 지속 시간으로 학생이 가진 마나양을 가늠했잖아."

둠 리포졸을 최대치로 유지할 수 있을 때, 그때가 보주화를 받아들일 수 있는 상태라고 생각했다.

"둠 리포졸부터……. 알겠습니다!"

대답을 마친 델세르는 투기장 내부를 둘러봤다.

"아무래도 둠 리포졸은 집에서 하기 조금 그래서 그런데…… 저도 여기 사용해도 되나요?"

우리가 훈련을 위해 모이는 투기장.

검사의 거리 시설물 중에 이곳이 가장 넓고 높은 곳이기에 훈련에 안성맞춤이었다.

델세르도 둠 리포졸을 연습하기엔 이곳이 최적의 장소라고 여긴 모양이다.

"상관없나, 가렌트?"

하지만 이 장소의 주인은 검사들.

그중에서도 검사를 통솔하는 가렌트의 허락이 있어야 한다고 생각했다.

"상관있을 리가 있나. 어차피 마법사와 검사는 이제 함께 지내는데."

가렌트의 허락도 떨어졌다.

"감사합니다! 그럼 바로 사용해도 되죠?"

신이 난 델세르의 의욕이 다시 불탔다.

"물론이지."

그렇게 델세르는 검사들과 조금 떨어진 구석에서 둠 리포졸을 펼쳤다.

"오호, 저 마법은 뭐야? 되게 신기하네."

가렌트는 델세르의 둠 리포졸에 관심을 가졌다.

"둠 리포졸이라고. 음, 마법으로 만든 경비원이라고 생각하면 돼. 생명체는 없이 기계적으로 움직이는 마법."

"저건 몇 서클 마법인데?"

그런데 서클까지 콕 집어 물어보는 것이 조금 수상했다.

보통 가렌트가 이 정도로 물어본 적은 없었기 때문이다.

"갑자기 그게 왜 궁금하냐?"

"나도 마법사의 자질이 있다며. 궁금해서. 노력하면 나도 저 마법을 사용할 수 있는지, 없는지."

"······둠 리포졸의 공식 서클은 없긴 하지만."

그래도 결코 쉬운 마법이 아니다.

난이도는 물론 유지에도 상당한 마력을 소비하는 것을 고려해 답했다.

"7서클은 될 거야."

"7서클이면······ 검사들 사이에서 7급 검사 수준이라고 봐야겠군."

그렇게 받아들이는 게 가렌트 입장에서도 쉬운 것으로 보였다.

"그렇지."

"기대되네. 과연 내가 저 경지에 도달할 수 있을지."

"그거야 너 하기 나름이고."

"그 하기 나름. 지금 바로 시작하자."

이제 내 훈련은 마무리하고, 마법을 알려 달라는 부탁이다.

"그러자고."

검술 훈련은 이제 끝.

바로 가렌트를 위한 마법 훈련으로 전환했다.

그러자 투기장에 있던 검사들은 갑자기 자리를 잡으며 앉기 시작했다.

"······너희들 뭐 하냐?"

"가렌트 님께서 마법 수업받는 모습을 구경하고 싶어서

요."

가렌트가 묻자, 검사들이 흥미로운 눈초리를 하며 답했다.

그들의 수장인 대검사가 마법 수업이라니.

살면서 꿈에서도 못 보며, 상상도 못 할 광경이 이제 시작될 참이니 호기심을 자극한 모양이다.

"이거 참…… 보는 눈이 많아서 조금 부담스럽긴 하네."

자신의 전문 분야도 아닌 것을 이제 첫걸음을 떼려는 참인데.

부하들의 시선을 한 몸에 받으니 조금 위축된 모양이다.

"나한테 마음 편히 먹으라고 했던 놈이 누구더라?"

"……그걸 그새 써먹냐?"

"친구끼리는 나누는 법이지."

"그런 건 안 나눠도 돼."

긴장을 풀기 위한 잠깐의 잡담.

확실히 효과는 있는 듯했다.

"이제 정신 좀 맑아졌어?"

"뭐, 전보단 낫네."

"그럼 가장 기본적인 것부터 시작한다. 바로 원소 구체를 구현하는 법."

설명하면서 난 구체 하나를 보였다.

가렌트가 가진 원소인 바람 원소 구체다.

식별용 오브와 크기가 비슷한 구체.

그 안엔 바람이 휘몰아치고 있는 구체다.

"구현 방법은?"

"상상."

"상상의 정확한 의미는?"

"이미 했잖아. 머릿속으로 이 구체를 그려. 그리고 마치, 내 손에 정말 있는 듯이 자기최면이라도 걸어. 그게 마법사들의 언어, 상상이야."

"자기최면……."

그 단어를 중얼거리며 가렌트는 눈을 감았다.

아무래도 가렌트는 정신을 집중하기 위해선 눈을 꼭 감아야만 하는 유형으로 보였다.

애초에 정신 집중은 제각기 방법이 다르니, 그것까지 지적할 필요는 없다.

대신 이럴 땐 가만히 기다려 주면 된다.

"자기최면…… 자기최면……."

주문처럼, 계속 그 단어만 읊조렸다.

✶

마법사의 거리에서 지내는 하페르트.

그는 흉가로 전락한 구 노힐 가문에서 지낸다.

언제 적이었을까.

이 넓은 가문에 사람이 득실거렸던 시절.

그땐 자신의 형님 슈페리얼도 있었고, 아버지이자 가주인 노힐 지크도 있었다.

당연, 이 가문에서 일하는 평민들도 넘쳐 났다.

하지만 그것은 그저 과거의 영광.

지금은 이 넓은 집에 하페르트만이 똑 떨어져, 무인도의 신세가 되었다.

"난…… 언제쯤……."

하페르트는 가문 정원에 나와서 모닥불을 피워 놓고, 검사의 거리 방향을 쳐다봤다.

선술집에서 떠나왔는지라 상황이 어떻게 흘러가는지 모른다.

그러나 눈치란 게 있다.

약 한 달 전.

하페르트는 하늘에 생긴 반점과 그 반점에 지펴진 불을 보고 알 수 있었다.

'조각사의 계획에 어떠한 문제가 생겼구나.'라고.

그리고 그 직후.

불타는 검은 반점에서 소행성 하나가 똑 떨어졌고, 그것은 검사의 거리를 강타했다.

그 뒤로도 얼마 지나지 않아 검사의 거리에서 지내던 평민 전부가 마법사의 거리로 오기 시작했다.

하페르트는 그런 평민 하나를 붙잡고 물었다.

왜 갑자기 검사의 거리에서 지내던 사람들이 이곳, 마법사의 거리로 오느냐고.

그에 대한 답은 간단했다.

"나도 잘 모르지만, 검사와 마법사가 서로 합의했고, 평민은 전부 마법사의 거리로 가라고 했지. 그게 안전할 거라고."

평민도 모든 것을 아는 게 아니었다.

신분이 신분인지라, 어쩌면 당연하기도 했다.

다시 또 그 뒤로.

불타는 검은 반점에선 주기적으로 몬스터가 쏟아지고, 마법사와 검사 들이 싸우는 것을 목격했다.

하페르트는 이로써 확신할 수 있었다.

바이스가 약속한 그 시대.

평범한 학생이 마음껏 마법을 배울 수 있는 시대는 아직 오지 않았단 것을.

따라서 자신이 다시 조각사들에게 향할 수 있는 시기가 아니다라고.

"그 시대는 언제 오는 것일까?"

그렇다고 아무것도 하지 않은 채, 하염없이 기다릴 생각은 처음부터 없었다.

정원에 피워 놓은 모닥불.

그것이 하페르트의 노력이다.

그는 매일 낮과 밤을 가리지 않고 이 정원에 나와 임시 조각사원이었을 때 받은 과제, 탭 테이킹을 계속해서 연습 중이다.

시선은 늘 불타는 검은 반점으로 향해 있지만, 그의 정신은 모닥불에 집중되어 있었다.

탭 테이킹의 연습을 하루에 10시간 이상씩.

그리고 하루도 빼놓지 않는, 자신만의 노력을 행하는 중이었다.

"어……?"

그러던 중, 문득 모닥불을 쳐다봤을 때.

환하게 타오르던 화염이 사라졌다.

대신, 그가 마법으로 만든 불 원소 구체는 더욱 선명하고, 강렬하게 타는 중이다.

"설마……?"

자신도 모르는 사이에 탭 테이킹을 드디어 터득한 것일까.

하페르트는 다급하게 새로운 모닥불을 지폈다.

그리고 방금 했던 대로 다시 시도했을 때였다.

"……됐다."

분명히 타오르는 모닥불은 감쪽같이 사라졌고, 자신이 만든 불 원소 구체는 방금보다 더 강렬하게 타올랐다.

"……됐어!"

재능이 출중한 마법사도 1년은 걸린다고 했던 그 구간.

하페르트는 1년이 채 되지 않은 시점에 분명하게 익혔다.

"나도…… 재능이 있었던 거였어?"

자신이 재능을 가졌는지, 그렇지 않은지 혼자서 알 방법이 어디 있을까.

하지만 지금 그의 결과물인 탭 테이킹을 보고 그렇게 믿었다.

"어쨌든 해냈으니까……."

그 말을 중얼거리며 그의 시선은 다시 옮겨졌다.

바로 검사의 거리.

저 안에 조각사들이 있다.

하페르트는 가고 싶다는 욕구가 생겼다.

임시 조각사원 시절 받은 과제를 분명히 해냈으니까, 부족하더라도 가면 받아 주지 않을까?

이런 기대가 들었다.

솔직히 그간 외로운 나날을 보내면서 이 가문을 탈출하고 싶은 욕구도 함께 있었기 때문이다.

아무도 오지 않은 흉가가 된 노힐 가문.

게다가 이 정원은 친위대장 라믹 데이먼의 손에 가족이 전부 죽은 장소이지 않던가.

무섭고 외로운 나날을 보내면서 나가고 싶다는 생각도 매일 들었다.

사실, 그저 나가면 그만이지만.

하페르트는 여기에서 나가도 자신은 갈 곳이 없다고 생각해 불편함을 참고 계속 버텼던 것이다.

그런 나날을 보내던 중.

드디어 탈출구가 찾아온 듯했다.

"……받아 주지 않는다고 하더라도 시도라도 해 보자."

하페르트는 곧장 벌떡 일어났다.

되든 안 되든.

일단 부딪쳐 보는 게 순서라고 생각한 그는, 구 노힐 가문의 정문을 스스로 열고 검사의 거리로 향했다.

그렇게 도착한 검사의 거리.

하지만 시간이 늦어서일까.

거리에 돌아다니는 마법사건, 검사건.

아무도 보이지 않았다.

"……어디로 가야 하지?"

하페르트는 검사의 거리를 미로에 갇힌 것처럼, 주변 집들 하나하나를 조심스럽게 살피며 걷기 시작했다.

가렌트가 바람 원소 구체를 구현하기 위해 눈을 감은 게 벌써 20분쯤은 지났다.

난 여전히 가만히 서서 살폈고, 그의 부하들인 친위대원들도 숨을 죽인 채 계속 지켜볼 때였다.

그 순간, 가렌트는 실눈을 조금 뜨더니.

"흐음……."

실망스러운 반응을 보이며 눈을 완전히 떴다.

실눈을 떴을 때, 바람 원소 구체가 구현되지 않은 걸 확인하고 스스로 포기한 것이다.

"눈 다시 감아. 계속 집중해. 너 대검사잖아. 나 훈련시킬 땐 절대 포기하지 말라고 하는 녀석이, 이렇게 포기해 버리면 어떡해?"

"……."

일침이었는지, 조금 부끄러운 표정을 지었다.

"아무것도 안 하고, 눈만 감고 있으니 좀이 쑤셔서……."

그리고 가렌트답지 않게 변명까지 늘어놓았다.

하지만 왜 가렌트가 바람 원소 구체를 구현하지 못하는지, 난 바로 알 수 있었다.

"아무것도 안 하고?"

바로 이 부분이다.

동시에 내 표정은 냉철하고도 무섭게 변했다.

"왜…… 갑자기 얼굴을 찡그려……?"

"몸은 아무것도 안 할지 몰라도 머리는 누구보다 복잡하게 움직여야 할 놈이, 아무것도 안 하고?"

그렇다.

가렌트는 지금 마법사들의 정신 집중 개념을 완벽히 파악하지 못해, 이런 생각이 드는 것이다.

즉, 기본이 아예 없다.

"안 되겠네. 이거부터 시작해야겠어, 완전 쌩기본부터."

그 말과 동시에 나는 투기장 벽에 내가 구현한 바람 원소 구체 하나를 박아 넣었다.

그의 독특한 방식

"저게…… 기본?"

가렌트는 벽에 박힌 내 바람 원소 구체를 보고 의아해하며 물었다.

도대체 어떤 기본일까, 아무리 제 머리를 굴려 생각해 봐도 내가 한 행동에 어떤 기본이 숨어 있을지 예상이 안 간다는 반응이다.

"응. 기본 중에서도 완전 쌩기본. 아니, 기초라고 말해야지."

"뭘…… 어떻게 하는 건데?"

"간단해. 넌 습관적으로 눈을 감고 집중을 하는데, 오히려 그 과정을 한번 꼬는 거지."

"과정을 꼰다?"

"응. 내가 벽에 박은 이 바람 원소 구체. 이거랑 똑같은 걸 네가 복제한다고 생각하고 하나 만들도록. 그게 너의 첫 관문이다."

"……이게 어떤 의미가 있는 거냐?"

정말 궁금해서 묻는 거다.

방금 자신이 눈을 질끈 감고 한 것과 별반 다르지 않다고 받아들이는 모양이다.

"달라. 생각해 봐. 아무것도 없는 도화지에 그냥 그림을 그리라고 그러면 넌 어떤 생각이 먼저 들어?"

분명히 이 말.

난 과거에 한 적이 있던 말이다.

그저 지금은 대상이 달라졌을 뿐이다.

"음…… 무슨 그림을 그릴지 생각하지?"

"그렇지? 그런 고민을 하게 된다고. 왜 고민을 하게 될까? 당연히 주제가 없으니까 그러지. 그림의 주제."

가렌트는 조용히 고개를 끄덕였다.

"그런데 이번엔 집, 혹은 사람이라는 주제를 던져 주면?"

"그리기 쉽지."

"그 개념이랑 똑같아. 내가 만들어 놓은 바람 원소 구체. 이걸 보면서 똑같이 만들라고 하는 게 바로 그 주제를 던져 주는 거라고."

하지만 가렌트는 역시 바로 이해하지 못했다.

역시나, 한평생을 검사로 살아와서 그런가.

완전한 마법사의 영역에 발을 들이니 갈팡질팡만 하는 모습이다.

그러니 이렇게 직접적으로 알려 줘야 한다.

그가 마법 학교에 막 입학한 새내기라고 생각하고.

"대마법사인 내가 의미 없는 짓을 시킬 리는 없잖아?"

"그거야 당연히 그렇지……."

"그러니까 의문은 품지 말고 하도록. 검술은 네가 날 알려 주는 입장이지만, 마법은 아니니까. 이해했어?"

확실하게 강조하기 위해 가렌트를 가리키며 물었다.

"저걸 똑같이 만든다라……."

가렌트는 내가 벽에 박아 놓은 바람 원소 구체를 보며 중얼거렸다.

비록, 대답은 생략했지만 시도할 의지는 충분한 모습이다.

"그럼, 그거부터 성공시키면 돼. 그래야 다음 진도 나간다."

"알았다!"

이로써 가렌트의 마법 훈련은 끝.

난 길을 알려 줬으니, 직접 걸을 때까지 기다려 주면 된다.

가렌트는 벽을 응시하며, 내 바람 원소 구체와 똑같은 걸 구현하려는 시도를 시작했다.

미약하게나마, 나의 바람 원소 구체 옆에 투명한 무언가가 일렁이는 것까지 확인했다.

저건 가렌트가 바람 원소 구체를 구현하는 것을 시도 중이란 증거다.

'……알려 주니까 잘하네.'

하지만 아직 온전한 구체 형체를 가진 것은 아니니, 한참이나 모자란 상태.

조금 더 놔둘 필요가 있다.

나머진 가렌트가 자력으로 해결해야 할 부분이다.

그리고 델세르의 곁으로 다가갔다.

델세르는 내가 알려 준 것처럼, 단일 원소의 둠 리포졸을 구현하고 유나이트를 이용해 다른 원소로 바꾸는 중이다.

시작은 불 원소.

그렇게 물, 빛, 대지, 어둠, 바람까지 봤을 때다.

회색의 둠 리포졸이 다음 원소인 플레우드의 하얀색으로 서서히 변하던 순간.

둠 리포졸은 무너진 젠가처럼 한순간에 폭삭 내려앉았다.

"……아."

"잘 안 되지?"

"아르키스 님."

"잘될 리가 없을 거야. 그만큼 어려운 응용 과정이니까."

"……그러니까요. 쉽게 터득할 방법이 뭐가 있을까요?"

델세르는 이제 둠 리포졸의 잔해 앞에 쪼그려 앉아 아쉬움을 짙게 표했다.

둠 리포졸이 잔해를 남기고 소멸하지 않았다는 뜻은.

마력이 아직 온전하게 남아 있단 것이다.

단순히 원소를 변환하는 과정에서 집중력이 끊겨 형체만 잃었을 뿐이다.

"요행을 바라면 안 돼. 일정 수준을 넘어간 마법은 정직함을 간직한 법이니까."

"……꽤 어려운 말씀을 하시네요."

"말 그대로야. 괜히 과거의 6서클에서 허덕인 마법사들이 꼼수로 책을 집필하며 하급 마법사 상대로 자신의 이름을 알린 게 아니니까. 그들은 정직함이 없었지. 편법만 가득했으니 그 서클이 한계였던 거야."

원소사에겐 7서클은 상당히 특별한 의미를 갖는 단계다.

고급 마법사의 기준은 5서클과 6서클이 끝.

따라서 7서클은 굳이 따지자면 최고급으로 분류되는 서클.

그런 서클은 플레우드는 물론, 단일 원소사도 애초에 허락된 재능이 없다면 감히 다가갈 수 없는 경지이다.

오랜 혼자만의 수련을 지속하던 6서클의 마법사들.

그들이 원하는 결과가 당장 눈앞에 나타나지 않자 그들은 편법을 사용하기 시작했다.

바로 입문, 초급 마법사를 상대로 한 마법서를 집필하는 것.

실제로 내가 에드 분교 0클래스부터 도서관에서 스승님이 집필하신 책 외에 다른 것엔 절대 눈길도 주지 않았던 이유가 이것 때문이라고 말한 적이 있지 않은가?

애당초 전문성도 없는 마법사들이 자신의 이름을 입문, 초급 마법사들에게 널리 알리고자 선택한 하나의 편법.

그렇게 얻은 명성을 토대로 가주 심사를 스리슬쩍 시도하는 편법의 6서클 마법사들이 적지 않은 비율로 있었기 때문이다.

"편법만 가득한 마법사들이 6서클로 끝……. 혹시 제 아버지도 그런 부류일까요?"

이것은 단순히 델세르의 걱정 어린 질문이다.

만약, 그것이 맞다면.

바이스의 자식인 자신의 내면에도 자각하지 못한 편법이란 게 존재하고, 유나이트를 익혔다 하더라도 그다음 단계로 넘어갈 수 없을지도 모르는 일 아니냐는 걱정.

하지만 정말 난 이건 딱 잘라 답할 수 있다.

그건 너의 쓰잘머리없는 기우라고.

"허허, 바이스는 걔들이랑 격이 다르지. 바이스는 정말 재능이 없었을 뿐이야. 대신 약학이란 분야엔 마법 사회에서 독보적인 재능을 가졌잖아."

"흐음······."

표정에 바로 나타나진 않았지만, 그래도 어느 정도 위로는
된 듯하다.

"그러니까 델세르, 정직하게 걸으면 돼. 넌 이미 그 결과
를 직접 만진 마법사잖아."

"정직하게······ 걷는다······."

"네 가문에서 유일하게 네가 유나이트를 성공했어. 이는
누구도 부정할 수 없는 절대적인 결과지. 안 그래?"

그러면서 난 델세르의 머리를 쓰다듬었다.

현재 쪼그려 앉아 있었기에, 딱 나의 손 높이가 그녀의 정
수리와 맞아떨어졌다.

델세르는 발작하듯 깜짝 놀라며 벌떡 일어났다.

"갑자기 이렇게 손을 대시면······!"

"······왜 이래? 처음 그런 것도 아닌데."

"그냥, 깜짝 놀랐잖아요."

"아무튼. 하던 거 계속해. 그리고 내가 말한 요행이란. 적
은 시간을 들여서 결과를 얻으려 하지 마. 결과는 늘 투자한
시간에 비례하는 법이잖아? 잘 아는 마법사라고 생각한다."

한동안 델세르는 나와 눈을 맞췄다.

뭔가 단단한 결심이 선 듯한 표시로 입술에 잔뜩 힘을 주
며 오므린 상태로 고개를 끄덕였다.

"······네!"

다시금 약해진 의지가 우뚝 솟은 순간이라고 생각했다.

"그럼, 수고."

이제 델세르에게도 시선을 떼고, 몸을 빙그르르 돌리던 그 순간.

투기장의 입구에 낯설면서도 익숙한 빨간 머리의 소년이 보였다.

"······응? 너는?"

바로 노힐 하페르트.

'낯설면서도 익숙한'이란 표현을 쓴 이유도.

그를 한때는 자주 봤지만, 어느 시점 이후부턴 아예 얼굴은 물론 이름도 들리지 않았기에 그런 것이다.

에드 분교 1클래스에서 퇴학을 당한 불 원소 구성 가문이었던 노힐의 마법사, 노힐 하페르트.

그가 뜬금없게도 마법사의 거리도 아닌 검사의 거리에 있는 투기장에 모습을 드러냈다.

"아······ 아르텔. 아니! 아르키스 님······."

그는 내 전 이름을 말하곤, 다급하게 자신의 두 손으로 입을 틀어막으며 황급히 고쳤다.

'내 이름도 알고 있고.'

그렇다면 답은 하나.

조각사였다는 뜻이다.

나는 하페르트가 조각사에 들어왔다는 소식을 들은 적이 없다.

그러니 당시 상황이 긴박하게 흘러가는 중이었기에, 에타르는 물론 바이스도 굳이 전하지 않았을 것이라고 짐작할 뿐이다.

본교의 학생이었던 클레어와 케이의 합류 소식도 나중에야 알았으니까.

게다가 그 기고만장하고 건방졌던 하페르트가.

지금 이 순간 내 앞에서 순한 양이 된 상태만 봐도 뻔했다.

"나를 알고 있구나?"

"네…… 들은 적이 있어서……."

"한때 너도 조각사였다는 뜻이겠지."

"……네."

역시나였다.

"그건 그렇고. 한때였다는 건 지금은 아니라는 뜻인데. 마법사의 거리에 있어야 할 네가 어쩌다 여기까지 오게 된 거야?"

이제 본격적인 질문으로 들어갔다.

꽤 중요한 질문이기도 했다.

하페르트는 에드 분교 1클래스에서 퇴학당한 학생.

한때 조각사였다는 게 의아할 정도로 가진 실력이란 게 없는 학생이다.

그런 그가.

도대체 어떤 목적을 가지고 자신의 발걸음을 스스로 옮겨 여기까지 온 것인가였다.

"숙제를 받았는데…… 조금 늦었지만, 해내서 찾아왔어요."

"숙제? 누구한테? 아니, 언제?"

"그게……."

하페르트는 그 뒤로 입을 다물었다.

어떻게 조리 있게 설명할지 고민하는 눈치다.

이럴 땐 말보다 훨씬 확실한 게 있지 않은가?

"됐다."

"……네?"

"설명 안 해도 돼. 대신 잠깐 머리 좀 빌리자."

"……머리?"

"가만히 있어."

그리고 난 손바닥에 작은 플레우드 구체를 구현하고, 하페르트의 이마로 올렸다.

그렇다.

링킹으로 내가 직접 볼 심산이다.

그렇게 링킹이 연결되자마자 하페르트의 기억을 전부 뒤졌고, 그가 어떤 숙제를 받았는지, 무슨 생각으로 여기까지 온 것인지.

전부를 알아내는 데는 그리 오랜 시간이 걸리지 않았다.

"오호?"

그리고 난 흥미로웠다.

분명히 내 눈으로는 재능이 없던 녀석인데.

어떻게 탭 테이킹을 단기간에 터득했단 것일까?

이젠 그것이 궁금해져서 그의 과거를 더 캤다.

어쩌다 조각사로 들어오게 되었는지였다.

"……그런 일이 있었구나."

가족이 몰살당하는 현장을 직접 보고, 레지가 마치 구원의 인도자가 된 것처럼 나타나 그를 데리고 간 것을, 나는 알게 되었다.

'그렇다면…… 하페르트가 단기간에 익힐 수 있었던 이유도 설명이 되는 건가?'

아무래도 목숨이 걸린 일이다 보니, 정말 목숨을 걸고 수련에 매진한 것이다.

시대가 이렇지 않았을 때의 마법사들은 수련이 말이 수련이지 사실은 느긋한 마음만 가득이었다.

조금만 힘들어도 쉬었다 하며, 다른 용무가 생기면 수련을 아예 며칠 중단하기 일쑤였으니까.

그러나 하페르트에겐 유일한 탈출구가 탭 테이킹.

그래서 지치더라도 강행했고, 그러다 번 아웃이 와도 상관없다는 마음가짐으로 행하다 보니 마치 없었던 재능이 생긴 것처럼 보이게 된 것이다.

"그래서. 정식 조각사가 될 수 있을까 하는 기대감으로 여길 온 거구나? 어쨌든 조각사들은 전부 검사의 거리에 있으니까."

그는 내 질문에 조심스럽게 고개를 끄덕이고, 눈치를 보기 시작했다.

그래서 조각사로 받아 줄 거냐는 질문을 담은 눈빛이다.

"으음."

아무리 탭 테이킹을 터득했다고 해도.

지금은 부족한 거 맞다. 그래 봤자 3서클 수준이니까.

하지만 그의 노력을 생각하면 그렇다고 절대 무시할 순 없었다.

'뭐 좋은 방법 없을까?'라고 혼자 생각하던 중.

여전히 벽을 보고 혼자 바람 원소 구체 구현을 연습하는 가렌트를 보자마자 번뜩 좋은 생각이 떠올랐다.

"자, 하페르트. 이거 어때? 이번엔 내가 내준 과제도 달성하면 너를 조각사로 인정하지, 내가 직접."

"뭐든 하겠습니다!"

내 대답이 그리도 기뻤는지, 그는 고민도 없이 답했다.

심지어 내 과제를 기대하는 눈치다. 그래도 긴장한 모습은 슬쩍 보였지만.

"긴장 풀어, 어려운 거 아니니까. 어이, 가렌트!"

내 부름에 가렌트는 주섬주섬 내 앞으로 다가왔다.

그러나 그는 맨몸이다.

그는 검사이지만 지금은 마법에 전념하고 있던 중이라 검을 들고 오지 않았다.

"가검 가지고 와."

"……가검은 갑자기 왜? 마법 연습 중인데."

그 순간, 하페르트는 고개를 갸웃거렸다.

누가 봐도 완벽한 검사의 몸인데 어째서 그런 사람이 마법을 연습하고 있는 중이냐는 의아함이다.

묻고 싶은 마음이 가득하겠지만, 지금은 눈치껏 혼자 궁금해할 뿐이었다.

"마법 연습 때문이니까 가지고 와."

가렌트에게 강조했다.

그도 이제 하페르트와 똑같이 의아한 표정이지만, 더는 묻지 않았다.

대마법사인 내가 지시한 것이니 그만한 이유가 있을 거란 믿음 어린 행동이다.

그렇게 대검의 가검을 가지고 온 가렌트.

난 둘을 데리고 투기장 중앙으로 데리고 왔다.

"자, 하페르트. 네가 아무리 서클이 낮아도 마법사인 것엔 변함이 없지?"

"……네."

하페르트를 향해 손을 활짝 펴며 말했다.

"네가 구현할 수 있는 최고 강도의 마법으로 내 손을 때려 봐."

"제가 감히 어떻게……?"

서클로 결정되는 신분의 차이 때문일까, 하페르트는 여전히 소극적인 자세다.

"네가 어차피 죽을 정도로 힘 전부 짜내서 날 때려 봤자 아프지도 않으니까 시키는 대로 하지?"

"그런 게 아니라…… 대마법사님인데……."

"그럼 지금 그 대마법사의 지시를 거역하는 거라고 받아들이면 되는 건가?"

"아닙니다!"

이제야 하페르트는 시키는 대로 할 마음이 들었다.

화르륵!

그리고 내 손에 시선을 집중시키며, 적당한 크기의 불 원소 구체를 곧장 구현해 냈다.

망설임도 없이 내 손을 향해 날아오는 하페르트의 불 원소 구체.

난 막지 않았다.

아무런 방어 마법도 없이 하페르트의 마법을 그대로 손으로 받았다.

퍼엉!

손에 부딪히자마자 소리를 내며 터진 하페르트의 불 원소 구체는 내 손에 불길을 남겼다.

"음. 뭐, 나쁘지 않네."

하페르트의 위력을 직접 겪기 위해 내린 지시다.

솔직히 말하면 현재 마법사 세력 중 가장 약하다고 할 수 있는 2기 조각사에 비하면 정말 형편없을 정도로 나약하다.

하지만 내가 나쁘지 않다고 말한 뜻은 단 하나.

마법 입문자인 가렌트에겐 딱 적당한 수준이라고 생각했기 때문이다.

난 불이 붙은 손을 허공에서 몇 번 저었고, 하페르트의 화염은 그렇게 맥없이 진압되었다.

"자, 너희 둘 다를 위한 훈련이다. 가렌트, 넌 여기 있는 하페르트에게 검술로 대항할 것. 물론, 그 과정에서 마법을 사용하는 것도 가능해. 네가 할 수만 있다면."

"엥? 이 꼬마한테 내 검술이라니. 아무리 그래도 나 대검사인데⋯⋯."

가렌트의 말은 가볍게 무시하고 하페르트에게 말했다.

"하페르트 넌 마법으로 가렌트를 제압해라. 방금 들은 것처럼 이 녀석은 대검사야. 검사들의 통솔자, 즉 검사계의 나라고 생각하면 편하겠네."

"⋯⋯대검사와 싸우란 건가요?"

"응."

"아무리 그래도 대검사인데……."

"그래서 토 다는 건가, 대마법사의 지시에."

"아닙니다!"

"그럼, 시작."

"흐음…… 별로 내키질 않는데."

가렌트의 말이다.

나도 그 심경은 이해한다.

가렌트 입장에선 대검사가 이제 막 3급이 된 검사와 검술을 펼치는 것이니, 둘이 가진 힘의 차이가 너무 크다고 생각 중인 모양이다.

"가렌트 너에게도 도움이 되는 훈련이라고 생각하는데? 넌 지금 기본 구체도 제대로 구현 못 하는 중인데, 실제 마법사와 대련하면서 그 요령을 터득하란 뜻이지. 지금 네 수준엔 하페르트가 딱이거든."

내가 가렌트와 하페르트에게 이 훈련을 지시한 이유.

가렌트는 현재 정신 집중도 제대로 못 하는 중이다.

약간 맹수의 육아 방식과 비슷한 건데.

집중에 편안한 상황이 아닌 긴박한 상황을 부여하고 그 속에서 빠르게 터득하도록 만들 생각이다.

실제 대련이란 명목으로 전투와 비슷한 상황을 연출해 긴박한 상황 속에도 자유자재로 마법을 구현하는 것에 익숙해지게 하기 위함이다.

현재 우리의 상황은 예전처럼 느긋하게 학교에서 배우고, 배운 것을 혼자 복습하며, 마법을 터득할 상황이 아니다.

또 언제 하늘에서 사일러드가 만들어 낸 생명체들이 내려올지도 모르는 상황.

나날이 전투의 연속인 셈이다.

그런 상황에서 가렌트가 늘 해 왔던 것처럼, 집중하기 편안한 환경 속에서 마법 구현을 터득했다고 치자.

그럼 바로 전투가 벌어졌을 때 자신이 터득한 마법을 제대로 구현할 수 있을까?

난 절대 아니라고 생각한다.

아무런 방해도 없이 조용해서 오로지 집중할 수 있는 환경과 언제 어떤 위협이 닥칠지 알 수 없는 전장.

그 차이는 어마어마하다.

실제 전장에선 집중을 방해하는 요소가 많다.

더군다나 가렌트같이 선두로 나서서 검을 휘두르는 검사는 마법사보다도 신경 쓸 게 많다.

눈으로는 방어를 위해 사일러드의 몬스터의 공격이 자신의 어느 부위로 향하는지 지켜봐야 한다.

그리고 동시에 머리는 또 마법이라는 다른 곳에 집중해야하니, 가렌트는 처음부터 열약한 환경에서 마법을 터득해야만 하는 것이다.

그리고 하페르트.

하페르트에게도 좋은 훈련이라고 생각한다.

가렌트는 마법사로서는 이제 막 0클래스 학생 수준이겠지만, 그가 가진 몸은 대검사.

절대 만만한 상대가 아니다.

자신이 가진 마력으로도 쉽게 제압할 수 있는 상대가 아니란 뜻이다.

그런 가렌트를 상대하면 절로 하페르트의 마법도 발전을 이룰 거라는 나의 굳은 믿음이다.

"특히 가렌트, 너는 하페르트와의 훈련의 성과가 어느 정도 나온다고 생각되면 상대를 바로 바꿀 거야. 다음 상대는 바로 저기 구석에 있는 어여쁜 여인."

구석에서 열심히 둠 리포졸 원소를 변환 중인 델세르를 가리키고 한 말이다.

"연하에는 취미 없는데……."

"소개팅하니? 마법의 영역에선 네 선생님이야."

나와 가렌트가 가벼운 농담을 주고받는 사이, 하페르트는 다시 눈동자가 커졌다.

"아는 얼굴이라 반가워서 그러는가, 하페르트?"

"아니…… 그게 아니라…… 쟤 밴시 맞죠……?"

"뭐, 밴시였지?"

"그런데 왜…… 머리카락이……."

하페르트는 이제 나와 델세르의 머리카락을 번갈아 가며 쳐다봤다.

"둘 다 같은 하얀색……. 설마……?"

"너 바이스 밑에 있었으니 에밋 가문에 대해선 알 거 아냐."

"……네."

"밴시는 그 바이스의 딸내미. 참고로 밴시란 이름은 이제 부르지 말도록. 저 녀석 이름은 에밋 델세르니까."

"……밴시도 플레우드였다니."

"그 이름 부르지 말라니까? 너보다 한참 선배님이자 왕누나쯤은 되니까."

"아! 네……!"

"자, 궁금한 거 풀렸다고 생각되니까, 바로 시작하시지?"

이제 본격적인 훈련에 돌입했다.

검술로 상대하면서 마법을 터득해야 하는 가렌트.

그리고 가진 마법을 더욱 강하게 구현해야만 하는 하페르트.

둘이 가진 목적에 걸맞은 훈련의 시작이다.

난 그 둘과 조금 떨어져, 팔짱을 낀 상태로 지켜봤다.

수련에 열중이었던 검사들도 흥미가 생겼는지 다들 목검 도르래를 내려놓고 내 주위로 모여들었다.

"이런 구경도 다 하네요."

그들은 꽤 만족스러운 목소리였다.

나도 같은 마음이다.

과연 둘이 어떤 모습을 보여 줄지 기대되니까.

가렌트는 검 끝을 하페르트를 향해 노렸다.

이것은 하페르트와 자신이 떨어진 거리를 정확히 재기 위한 행동이다.

나도 가렌트의 밑에서 검술을 배우고 있으니, 저런 행동이 품은 의미를 바로 알 수 있었다.

'예전엔 왜 저런 걸 하나 싶었는데…….'

배움엔 끝이 없다는 말이 있지 않던가.

가렌트와의 훈련의 성과는 이런 곳에서도 나왔다.

가렌트가 취한 행동 하나하나.

무슨 생각을 가지고 하는 것인지 금방 알 수 있었으니까.

당연, 하페르트는 가렌트가 한 행동의 의미를 알 리가 없었다.

거리를 전부 잰 뒤, 가렌트는 가검을 내렸다.

'올려치기…….'

검의 위치에 따라 가렌트가 공격하려는 부위를 알 수 있다.

하지만 하페르트는 모를 것이다.

그는 지금껏 살면서 검사와 처음 대면하는 중이라고 해도 과언이 아니니까.

가렌트가 설정한 공격 부위를 아는 것과 모르는 것은 차이가 크다.

어디로 공격이 올지 알면, 그 부위에만 방어 마법을 형성하면 되는 간단한 문제지만, 모를 경우엔 맞을 가능성이 급격히 올라간다.

'움직임을 뻔하게 잡지 말라고 했던 녀석이 왜 이렇게 노골적으로 움직일까?'

가렌트와 내가 훈련할 때마다, 그가 내게 남긴 말이다.

아무래도 이건 상대가 내가 아닌 하페르트다 보니, 어느 정도 봐주기 위한 행동으로 보였다.

검은 여전히 내려진 상태로, 가렌트는 하페르트를 향해 돌진했다.

역시 이것도 대놓고 뻔히 보이도록 한 움직임이다.

하페르트는 다가오는 가렌트를 향해 불 원소 구체 하나를 날렸다.

날아오는 마법을 가볍게 숙이며 피하고, 계속 돌진하는 가렌트.

그 순간, 하페르트가 조금 당황한 게 눈에 보였다.

자신의 마법을 같은 마법으로 피하는 게 아닌, 간단한 움직임만으로 피해 버린 것에서 당황한 것이다.

'그래, 하페르트 넌 이제 그런 게 익숙해져야 해.'

하페르트는 에드 분교 시절부터 몸을 쓰는 방식에 대해 익숙해하지 않았다.

아니, 이는 하페르트만이 아닌 아마 본교 학생이었던 2기 조각사들도 마찬가지일 것이다.

그러나 우리가 상대하는 사일러드의 몬스터는 검사들처럼 몸을 주로 사용해서 대응한다.

게다가 헤이가 만들었던 신체 강화 마법인 파이지컬까지 겸비하고 있으니, 마법사가 혼자 상대하기엔 불가능한 수준이라고 해도 절대 과언이 아니다.

그래서 하페르트에게도 꼭 필요한 훈련인 셈이다.

일단은 적과 비슷한 전투 방식을 펼치는 가렌트에게 익숙해져야 하니까.

그렇게 검의 사정거리 안으로 들어가 버린 하페르트.

가렌트는 검을 번쩍 들었다.

이번에도 역시 동작이 조금은 느리며 어떻게 공격할지 눈에 훤히 보였다.

본래 검을 내렸던 그가 일부러 내려치기 위해 번쩍 든 이유도.

하페르트에게 은근히 알려 주는 중이다.

'네 머리를 향해 공격할 거니까 방어하렴.'이라고.

하페르트는 곧장 자신이 구현할 수 있는 방어 마법인 파이어 슈라우드를 가렌트와 자신의 사이에 구현했다.

정말 오랜만에 보는 기본 마법 중 하나다.

"오우!"

갑자기 생긴 불의 장막에 가렌트는 뒤로 한 발짝 물러났다.

아무리 하페르트가 초급 마법사라고 해도, 마법을 정직하게 맞아 줄 이유가 없으니 반사적으로 피한 것이다.

그리고 번쩍 든 검을 내린 채로 생각에 잠긴 모습이다.

'파이어 슈라우드는 검술만으로 파훼할 수 없다고 판단한 모양인가?'

검은 절대 놓지 않고 파이어 슈라우드를 파훼하겠다는 일념만 보인 가렌트의 눈빛.

"……으음."

드디어 어떠한 파훼법이 떠올랐는지, 그는 검을 꽉 쥐었다.

"이게 되려나……."

발의 위치를 바꿨다.

도움닫기를 위한 발동작이다.

그 직후, 가렌트는 파이어 슈라우드를 향해 도약했다.

나도 기대를 가지며 다음 행동을 지켜봤다.

"……오."

검사들도 나와 똑같이 숨을 죽이며 다음을 기대했다.

후웅-!

가렌트가 파이어 슈라우드를 향해 검을 가로로 갈랐다.

그러자 하페르트의 파이어 슈라우드엔 작은 틈이 생겼고, 하페르트가 다시 그 틈을 메꾸기도 전에.

후웅—!

가렌트의 발에서 미풍이 불었다.

'어어?'

분명히 간단한 바람 원소 구체의 구현도 제대로 하지 못했던 녀석이.

지금은 눈에 확연하게 보이진 않지만, 바람 원소 마법을 분명하게 구현했다.

하페르트의 벌어진 파이어 슈라우드가 채 닫히기도 전에.

가렌트는 마치 순간 이동을 한 것처럼, 어느덧 하페르트의 파이어 슈라우드 안에 들어가 있었다.

정말 순간 이동을 한 건 아니다.

너무 빨리 움직여서 하페르트의 눈엔 순간 이동을 한 것처럼 보였을 뿐이다.

"어어……?"

하페르트가 어버버 하는 사이.

턱!

"으윽……!"

가렌트는 곧장 하페르트의 목을 조르듯 꽉 쥐고 그를 한 손으로 들어 올렸다.

순식간에 숨이 막히자 하페르트는 발이 뜬 채로 발버둥 치면서 동시에 구현해 났던 파이어 슈라우드는 사라졌다.

"거기까지."

내가 나서자 가렌트는 곧장 하페르트를 내려놨다.

"……괜찮니? 최대한 힘 조절을 하긴 한 건데, 너무 과했나."

그는 곧장 하페르트의 몸 상태를 걱정했다.

가렌트가 평소에 육체적인 대련을 했던 마법사는 나밖에 없다.

게다가 난 마법사 중 가장 강인한 몸을 가지고 있던 상태다 보니, 나름 힘 조절을 한다고 해도 하페르트에겐 죽을 고비로 다가올 수 있었다.

"켁! 켁!"

숨통이 트인 하페르트는 기침을 계속 해 댔다.

"괜찮…… 케엑! 아요……."

단순히 숨이 막힌 것뿐이었고, 그리 큰 고통은 느껴지지 않은 듯했다.

"다행이네."

하페르트의 답을 듣고 나서야 가렌트는 안심했다.

"하페르트는 잠깐 자리 좀 비워 봐."

"아, 네."

"가렌트, 방금 했던 거 그대로 해 봐."

난 이제 이걸 확실히 확인하고 싶었다.

가렌트가 하페르트의 파이어 슈라우드 안으로 들어갈 때.

분명히 바람 원소를 이용해 추진력을 얻어 평소보다 더 빠른 움직임을 보였다.

다시 또 그것을 할 수 있는가.

그것을 직접 확인하고 싶었다.

하페르트가 했던 것처럼, 몸을 보호하기 위한 파이어 슈라우드를 내 주위에 구현했다.

방금의 상황을 똑같이 재현하는 중이다.

"그대로 하라는 게……?"

"이 불의 장막을 뚫고 다시 들어와 보라고. 물론, 내 불의 장막은 저 학생보다 강력할 거야."

"그거야 당연하겠지. 넌 대마법사니까."

"그러니까 해 보라고."

"음, 네가 방금 내 움직임에 집착하고 있다는 뜻은…….'

역시, 눈치는 어느 정도 있는 녀석이다.

"응. 너 분명히 방금 바람 원소 이용해서 움직였어. 난 똑똑히 봤거든."

"그래……?"

그러나 아직 자각할 수 있는 단계는 아니다.

복권처럼 확률적으로 나온 상황이었다.

그렇다면 자각할 수 있도록 만들면 그만.

같은 상황을 계속 재현하면서, 자각할 수 있을 때까지 하면 된다는 뜻이다.

가렌트는 의욕이 생겼는지 몇 걸음 뒤로 물러났다.

그리고 하페르트의 파이어 슈라우드를 벤 것처럼, 내 파이어 슈라우드를 힘껏 베었지만.

화르륵-!

내 파이어 슈라우드는 빈틈이 생기지 않고 여전히 강렬하게 불타는 중이다.

"역시, 대마법사다 이거냐? 느낌이 확실히 다른데?"

"계속해 봐."

파이어 슈라우드의 위력을 줄일 생각은 없다.

과연 언제 할 수 있을지.

그것이 관건이기 때문이다.

가렌트는 그렇게 계속 검을 휘둘렀다.

틈은 여전히 생기지 않았지만, 어떻게든 틈을 만들겠다는 일념 하나는 내게 고스란히 전해지는 중이다.

그렇게 시간이 조금 지났을 때.

후웅-!

'또다.'

미세한 바람 소리가 들려왔다.

휘이잉.

그리고 내 파이어 슈라우드 안으로 들어오는 미풍.

이건 가렌트가 만든 바람이 분명했다.

'가렌트…… 넌 마법사들의 지팡이와 완드 같은 보조 도구가 검이구나?'

꽤 독특한 방식이다.

게다가 그는 마법으로 상대를 공격하는 게 아닌, 마법을 보조 역할로 사용한다.

흡사 헤이가 만들었던 파이지컬의 바람 원소 버전이라고 생각될 정도다.

검을 휘두를 때 발생하는 아주 미세한 바람.

그 바람을 이용하면서 마법을 구현하는 중이다.

그리고 하페르트의 파이어 슈라우드 안으로 들어갈 때 그의 발 주위에 불었던 미풍.

그것은 자신의 움직임을 빠르게 만들기 위한 보조 역할에 지나지 않는다.

가렌트는 마법으로 상대를 공격할 땐 마법을 아예 구현도 못 하는 수준이지만, 반대로 자신의 몸을 보조하는 방법으로 사용할 때 꽤 효과적으로 구현할 수 있었다.

즉 가렌트의 마법은 공격용이 아닌, 전투에 이점을 주는 버프 형태의 마법인 것이다.

가렌트는 이번에도 억지로 벌린 내 파이어 슈라우드 속으로 몸을 밀어 넣었다.

그 순간.

난 파이어 슈라우드를 압축시켜 거미의 고치처럼 만들었

환상한
그래픽법사의
정주행

고, 가렌트를 단단히 속박했다.

"으윽!"

쿵!

가렌트는 들어오자마자 그대로 중심을 잃으며 바닥에 고꾸라졌다.

"네 움직임을 역으로 이용해서 이렇게 공격하면 넌 어떻게 할래?"

넘어진 가렌트를 내려다보며 던진 질문이다.

"……이건 생각도 못 했는데."

대답을 하면서 화염 고치를 벗어나기 위한 가렌트의 발버둥이 시작됐다.

무식하게 온몸에 힘을 잔뜩 주면서, 마법이 아닌 오직 자신의 몸이 가진 힘으로 전부 뜯어내겠다는 생각으로 보였다.

"그렇게 무식한 방법으로 가능할 리가……."

뚜둑……!

"……?"

가능할 리가…… 있었다.

가렌트는 턱이 빠질 정도로 이를 꽉 문 상태로 힘을 잔뜩 주었고, 그에 따라 파이어 슈라우드 고치가 점점 느슨해지는 게 보였을 때.

난 분명히 보았다.

휘이잉.

파이어 슈라우드 고치와 가렌트의 몸 사이에 얇은 바람막이 생긴 것을.

'이 녀석…… 집중하는 방식이…….'

그리고 확실히 깨달았다.

가렌트는 마법사의 정신 집중 방식이 아예 맞지 않는 녀석이다.

오히려 전력으로 몸을 사용해야 할 때, 마법을 제대로 구현해 낸다.

즉.

이것은 가렌트만이 가진 정신 집중 방법인 것이다.

투확!

그리고 힘으로 완전히 내 파이어 슈라우드 고치를 풀어 버린 가렌트.

고치가 터져 나가며 이번엔 조금 강한 미풍이 나를 스쳤다.

"……야, 가렌트. 정답 찾았다."

"무슨 정답?"

"네가 어떻게 하면 마법을 쉽게 구현할 수 있는지."

"정말?"

가렌트는 기쁜 표정으로 되물었다.

그리고 난 가렌트에게 설명했다.

설명을 다 듣고 난 뒤, 가렌트는 아리송한 표정으로 고개를 끄덕였다.

적어도 이해가 안 되는 건 아니란 뜻이다.

"그러니까 네 말은 내가 한평생 검사로 살아온 영향이 있는 건지 아닌지는 모르지만, 일반 마법사처럼 차분한 마음으로 정신을 집중하는 게 아닌 몸을 움직이는 데에 집중하는 게 나만의 정신 집중 방식이란 거지?"

"응."

"그게 가능한 건가?"

"말했잖아, 정신 집중에 정답은 없다고. 각자의 방식만 있을 뿐이라고. 그러니 네 방식이 틀렸다고 말할 수도 없지. 실제로 넌 그렇게 하지 않고선 마법을 제대로 구현할 수 없잖아?"

"으음…… 그런가?"

그래도 깨달았으면 됐다.

이제 남은 것은 깨달은 것을 마음껏 이용하는 것뿐이다.

"이렇게 되면 단계를 밟을 필요도 없군."

본래 내 계획은 하페르트와의 훈련이 어느 정도 진행되면 그다음은 델세르.

그리고 마지막은 내가 상대할 생각이었다.

하지만 가렌트의 성장세를 보니 그런 단계는 오히려 시간을 허비하는 것으로 느껴졌다.

따라서 내가 직접 전담하는 게 좋다.

마침 가렌트는 검술을 행할 때 비로소 제대로 된 마법이 나온다.

가렌트는 마검사라고 볼 수 있다.

마법과 검술 전부를 자유롭게 다룰 수 있는 부류다.

그러나 완벽한 마검사라고 부르기엔 애매한 부분이 많다.

결정적으로 마법 구현이 제대로 되질 않으니까.

이런 반쪽짜리 마검사를 각성시킬 수 있는 존재는 무엇이 있을까?

그야 당연한 결과 아닌가?

가렌트보다 조금 더 강한 마검사가 나서서 지도하면 된다.

그런 마검사가 도대체 어디에 있냐는 질문이 날아오면.

그에 대한 답도 간단하다.

바로 내가 있지 않은가?

마법이야 이미 대마법사였고, 검술은 대검사인 가렌트를 통해서 차곡차곡 쌓아 온 나다.

따라서 이 시대에 마검사가 몇 명이냐는 질문이 날아든다면 당당하게 답할 수 있다.

'두 명.'이라고.

하지만 나도 엄연히 따지만 반쪽짜리 마검사다.

이유인즉슨 검술 부분이 가렌트에 비하면 한참이나 약하기 때문이다.

가렌트와 나.

우린 서로에게 부족한 것을 가지고 있는 중이다.

따라서 둘이 붙었을 땐 아주 강력한 시너지를 낼 수 있다는 것이 나의 믿음이다.

가렌트는 부족한 마법을 내게 배울 수 있고.

반대로 난 부족한 검술을 가렌트에게 배운다.

이보다 더 근사한 시너지가 어디 있겠는가?

"가렌트, 지금 내 검술 상태는 과연 몇 급 검사쯤일까? 너한테 배운 기간이 그래도 꽤 긴데."

"음…… 확실히 넌 똑똑한 녀석이라 그런지 습득이 빠르더라고. 너의 급수를 확실히 정하기엔 애매하지만, 최소 6급이상은 될 거라는 게 내 판단. 게다가 내가 직접 알려 줬는데 6급도 안 되면 섭하지! 완전 특급 교육이었는데."

은근히 생색내며 답하는 그다.

그리고 6급이라…….

그 정도면 충분하다.

리프의 물약, 그리고 가렌트의 지도가 합해지니 처음엔 애송이 수준이었던 내가 어느덧 6급 검사에 근접한 전투력을 가졌단 것이니까.

"앞으로 우리 훈련은 이렇게 하자."

"어떻게?"

"서로 검술로 맞서 싸운다. 단, 검술만 쓰면 안 돼. 사용할수 있는 마법도 같이 사용한다."

"방금 내가 한 것처럼?"

"응. 아무래도 네가 가진 정신 집중 방법을 최대한으로 끌어내기 위해선 똑같이 검술로 맞서면서 마법을 사용할 수 있는 사람이어야 하는데, 나밖에 없잖아?"

"그렇지."

"너랑 나는 어쩌다 보니 물아일체가 된 것 같은데? 우린 마검사잖아, 마법과 검술 둘 다 자유롭게 사용할 수 있는."

"마검사라……. 실로 전설 속에서나 나올 것 같은 단어를 이렇게 듣게 되네."

나도 가렌트의 심경과 똑같다.

한평생…… 아니, 정확한 시기를 알 수도 없이.

마법사와 검사는 단절된 채로 살아왔다.

마법과 검술 둘 다 사용할 수 있는 새로운 종족이라 불러도 무색한 특이한 부류.

마검사.

전생에서도 누군가 호기심에 마검사를 언급한 적이 있었다.

하지만 당시 마법 사회에서는…….

"그런 끔찍한 혼종이 태어날 리가 있나? 마법과 검술을 동시에 다룰 수 있다는 건, 검사들과 교류하는 것을 넘어 혼연 관계까지 생각해야 하는데. 그게 가당키나 해?"

……라는 목소리들이 지배적이었다.

아니, 절대적이라고 말하는 게 옳았다.

그런데 그런 역사를 거스르고.

나와 가렌트가 함께하기 시작하면서 의도하진 않았지만, 공식적으로 마검사가 둘이나 버젓이 탄생하게 되었다.

그것도 참 공교롭게도.

그 마검사 둘 다 대마법사와 대검사였던 것이다.

"재미있겠는데?"

가렌트는 내가 생각한 훈련 방식을 꽤 마음에 들어 했다.

"뭐가 그렇게 재밌는 거냐? 나랑 훈련하는 게? 아니면 네가 마법을 더욱 깊이 구현할 수 있다는 게?"

"둘 다."

가렌트는 고민도 없이 답했다.

그러곤 다시 가검을 쥐었다.

의욕이 아주 충만한 상태다.

"어차피 마법도 함께 쓰는 거라면 내 공격은 먹히지도 않을 건데, 진검으로 하는 게 어때? 그래야 현장감이 있지."

이번엔 꽤 파격적인 제안까지 달았다.

"감당할 수 있겠어?"

나도 거절할 생각은 없다.

"물론이지."

가렌트는 자신감이 충만한 상태로 답했다.

"진검 두 자루 가지고 와!"

그리고 투기장에 있는 검사들에게 지시했다.

"아니, 뭐 하러 두 자루나 가지고 와. 내 건 필요 없어."

"진검으로 하자니까? 넌 가검으로 하게?"

"그럴 리가."

난 가렌트가 보는 앞에서 플레우드 원소를 이용해, 두꺼운 대검을 만들었다.

플레우드는 투명한 성격.

같은 플레우드이거나 플레우드를 경험하지 않았으면, 눈에 훤하게 보이지 않는다.

그래서 가렌트의 눈에 잘 보이도록 플레우드로 만든 대검 표면에 빛 원소를 덮었다.

이제 빛나는 대검이 내 손에 쥐인 상태다.

"옛날 생각나지?"

아주 먼 과거.

가렌트에게 꼭대기에 있는 봉인석을 통해 입으로만 검술을 배우던 그 시절.

그때 내가 만들었던 플레우드 검이 바로 이것이다.

물론 지금은 실제 검을 사용해 보기도 했고 직접 훈련을 받는 중이니, 지금 만든 마법의 검이 훨씬 더 완성된 모습이다.

"오오…… 생각해 보니 마법사는 원하는 사물도 만들 수 있으니, 우리처럼 검을 들고 다니지 않아도 되네?"

가렌트는 신기한 것보다 부러운 목소리다.

검사에게 검이란 목숨.

전투란 게 예고하고 찾아오는 녀석이 아니다 보니 그런 것이다.

따라서 상시 휴대하는 버릇이 생겼고, 그들의 허리나 등은 늘 무거워야만 했다.

"너도 할 수 있는 것들이야. 지금 당장은 아니지만."

"그런데 진검과 위력이 같을까?"

이젠 궁금증을 어필했다.

"오히려 진검보다 더 단단하고, 강력하지 않을까? 마법으로 만든 거니까."

아무래도 검사들이 사용하는 검은 기존의 강철을 제련해서 만든 것이다.

즉, 내구성이 정해져 있다는 뜻이다.

따라서 부서지면 그대로 사용하지 못하고, 검사는 자신의 주먹을 믿어야 한다.

맨몸으로 상대와 싸워야 하는 불리함을 안고 간다.

그러나 마법으로 검을 만들 줄 알고, 검술까지 할 수 있다면 그런 불리함은 아예 존재하지도 않는다.

한 자루건, 두 자루건.

두껍거나 얇은 검.

원하는 형태의 검을 자유자재로 만들 수 있으니, 몸 자체가 검인 셈이다.

"궁금한데······."

직접 시험해 보고 싶다는 욕구가 절실히 느껴지는 답이었다.

"너도 하나 만들어 줄까?"

"응."

가렌트가 거절하지 않고 냉큼 답하자 난 내가 들고 있던 검을 그에게 던져 주었다.

퍼석!

가렌트 앞에 떨어진 마법으로 만든 검.

이것을 우린 '마검'이라고 부르기로 했다.

마검은 정확히 가렌트 발 앞의 땅에 박혔다.

"딱 보기에도 날이 시퍼렇게 섰군. 확실히 우리가 사용하는 검과는 차이가 느껴져."

역시 검의 전문가인 검사였기 때문일까.

아직 손에 잡지도 않았는데, 보는 것만으로도 차이점을 바로 알았다.

가렌트는 이제 조심스럽게 마검을 들어 올린 순간이다.

"······세상에."

그의 표정이 썩 유쾌하지만은 않았다.

"왜 그러는데?"

"······이렇게 가볍다고? 이런 무게인데 방금 땅에 그냥 박힌 거야? 보통 검은 무거울수록 위력이 큰데……."

마검은 물리적인 법칙을 아예 무시한다는 뜻이었다.

이건 마검만이 가진 장점이라고 볼 수 있다.

가렌트는 이제 검을 혼자서 이리저리 휘둘렀다.

후웅–! 후웅–!

급기야 검을 돌리기까지 하면서, 흡사 묘기를 선보이는 것처럼 보일 정도다.

"마검…… 너무 사기적인데……?"

진검보다 훨씬 가벼우면서 더욱 단단하고 날카로운 마검.

이제 그 성능을 제대로 시험할 때다.

"파악 끝났으면 바로 시작하지?"

나도 새로운 마검을 만들고 자세를 잡았다.

그에 호응하듯, 가렌트도 바로 자세를 잡고.

휘잉!

똑같이 그의 발에는 미풍이 불면서 내게 돌진해 왔다.

'마법과 검술의 조합. 검술은 내가 훨씬 뒤처지지만, 마법은 반대로 범접할 수 없을 정도로 높다.'

따라서 정면으로 가렌트와 검술로 맞섰을 때, 이길 확률은 아예 없다.

하지만 마법까지 조합한 전투라면 얼마든지 있다는 뜻이다.

가렌트가 내게 돌진하면서 검을 찌를 때.

난 짧은 텔레포트로 그의 등 뒤로 자리를 옮겼다.

그리고 고민도 하지 않고 곧장 가렌트의 등을 향해 검을 내리찍을 때, 가렌트는 황급히 뒤로 돌며 막았다.

"반응은 좋네."

"순수 검술이라면 너한테는 절대 안 지지!"

"그래?"

바꿔 말하면, 마법을 섞었을 땐 진다는 뜻 아닌가.

난 가렌트 발밑에 생긴 그림자를 이용해 어둠 원소 마법 하나를 구현했다.

가렌트의 발밑에선 망자의 손아귀같이 검은 손들이 솟아나며, 가렌트의 팔목을 덥석 잡았다.

그러곤 강제로 가렌트의 팔을 내렸다.

내 검을 막는 중인 그의 팔을 내리면서, 무방비 상태로 만들기 위함이다.

"……으윽!"

또다시 이를 꽉 물며 힘을 주는 가렌트.

손아귀를 뿌리치기 위해 몸을 돌렸을 때다.

후우우웅-!

이번엔 그의 몸에서 돌풍이 불었다.

돌풍의 여파로 내 몸은 나도 모르게 조금 뒤로 밀려 났다.

"그거다! 가렌트! 그렇게 해! 넌 그게 방법이야!"

"오케이, 무슨 느낌인지 알겠어!"

무의식에서 나오는 그의 마법이 이제 슬슬 자의식으로 변하는 중이다.

몸에 힘을 잔뜩 줄 때나 구현할 수 있는 마법.

정말 독특한 방법이지만, 가렌트가 살아온 인생을 되짚어 보자면 납득이 가는 방식이다.

목검 도르래부터 시작해 각종 훈련과 수련.

전부 힘쓰는 것들이다.

즉 이미 힘쓰는 것에만 익숙해져 있는 그이기에, 힘을 쓸 때 억지로 집중하지 않아도 자연스럽게 집중이 되는 것이었다.

그렇게 우린 계속 대련을 이어 갔다.

마검사들만이 할 수 있는 대련을.

약 1시간 뒤.

"허억…… 허억……."

나와 가렌트는 동시에 가쁜 숨을 몰아쉬었다.

마법까지 섞으면서 진행한 대련이기에 나도 그렇고 가렌트도 평소보다 빨리 지쳤다.

그리고 우리 둘의 몸엔 상처 하나 없다.

솔직하게 말하면, 난 몇 번이고 가렌트의 몸에 상처를 낼 수 있었지만 일부러 반응할 시간을 줬다.

언제 또 전투가 일어날지 모르는데 아무리 마검을 이용한 대련이라고 해도 정말 상처를 낼 필요는 없으니까.

가렌트는 역시나 대검사답게, 계속 반응하며 내 공격을 막았다.

이제 우리에게 적합한 훈련 방식을 찾았으니 첫날부터 강도 높게 나갈 필요는 없다고 생각해, 이쯤에서 그만두려던 참이었다.

짝짝짝짝짝-!

우리가 동시에 검을 내리자 검사들의 박수갈채가 쏟아져 나왔다.

"마법으로 인해서…… 가렌트 님의 검술이 더욱 진화된 것 같은데요?"

어느 검사의 말을 시작으로.

"아르키스 님도 마찬가지예요! 그저 마법과 함께 사용했을 뿐인데, 검술이 몇 단계는 발전하신 모습이라니까요!"

"아르키스 님이 저런 상태면 저희는 1시간도 못 버틸 것 같은데."

가렌트가 평가한 나의 검술 수준은 6급 검사.

그런데 고작 마법 하나 더해졌다고, 8급이 주를 이루는 검사 친위대보다 훨씬 강하다는 듯이 말하는 중이다.

확실히 나도 느낀 것은 있다.

검술에 마법을 더하니 공격 방식이 더욱 다양해졌고, 대응할 수 있는 방법도 많아졌다.

실제로 대검사인 가렌트와도 비등비등하게 맞섰으니까.

하지만 아마 가렌트가 마법을 조금 더 다양하고 강하게 구현할 수 있다면, 나도 버티기 힘들 것 같았다.

이는 반대로 내 검술도 더욱 견고해진다면, 아무리 대검사인 가렌트라고 하더라도 나를 쉽게 제압할 수 없다는 뜻이기도 했다.

"오늘은 이쯤 할까?"

"넌 쉬어. 저 친구 때문이지?"

가렌트는 구석에 있는 하페르트를 가리키며 물었다.

그는 검사들 사이에 끼지도, 그렇다고 델세르 옆에 가지도 못하는 처량한 신세가 되었다.

참 딱한 모양새다.

아직 정식 조각사가 아니다 보니, 당당하게 검사들 옆으로 갈 수도 없고.

그렇다고 델세르와는 서먹하고, 에드 분교 시절부터 딱히 친하지도 않았으니 감히 다가갈 수 없어서 저런 소심한 학생이 되어 버린 것이다.

그래도 하페르트는 스스로 건진 성과란 게 있지 않은가?

아직 부족하지만, 충분히 부족한 부분을 메꿀 수 있는 학생인 것은 분명하다.

난 검사들에게 말했다.

"응. 우리의 새 동료야. 다들 인사해. 이름은 하페르트."

그러자 검사들은 구석에 조용히 있던 하페르트를 향해 시선이 쏠렸다.

한순간에 몰아닥치는 시선들에 하페르트는 몸과 표정이 잔뜩 굳었다.

"앞으로 자주 마주칠 거니까 다들 친하게 지내고. 하페르트, 너도 검사 형님들한테 인사라도 한마디 해야지."

"아…… 네……!"

목을 가다듬은 후, 하페르트는 고개를 직각으로 숙였다.

난 그 행동만으로도 대견하게 다가왔다.

타일런트가 존재했던 시대에서 검사는 마법사보다 한없이 약하고 하찮은 존재라고 세뇌받은 그가.

자존심이 상할 수도 있는데, 그런 건 아예 머리에 있지도 않다는 듯이 바로 고개를 숙이니 말이다.

"하페르트라고 합니다! 앞으로도 잘 부탁드립니다!"

"그래, 너도 검술 배우고 싶으면 말해. 내가 성심성의껏 알려 줄 테니까."

검사 친위대원들은 그를 반갑게 맞이했다.

"자, 그럼 난 이 학생이 지낼 곳이라도 찾아 주고 올게."

"다녀와."

그렇게 난 하페르트를 데리고 투기장에 나오면서, 모브로 임펠에게 연락했다.

하페르트의 기억을 링킹으로 뒤졌을 때.

임펠이 직접 지도하겠다는 장면을 내가 봤기 때문에 그를 부른 것이다.

내 호출을 받고 투기장 앞으로 온 임펠.

그는 내 옆에 있는 하페르트의 얼굴을 보고 깜짝 놀랐다.

"……꼬맹이, 너 어떻게 여기에? 게다가 아르키스 님이랑 함께……."

난 임펠에게 하페르트가 어떻게 여기까지 흘러들어 오게 되었는지를 설명했다.

"……그래요? 이 꼬맹이가 탭 테이킹을 터득했다고요? 스스로?"

"응. 그래서 정식 조각사로 받아 달라고 요청하기 위해 용기 내서 온 거야. 기특하지?"

"이야, 꼬맹이!"

임펠은 하페르트의 머리를 잔뜩 헝클였다.

"헤헤……."

하페르트는 귀여운 미소만 흘릴 뿐이다.

"아무튼, 임펠. 링킹으로 이 녀석 기억을 뒤지니까 선술집에서부터 네가 지도했던데. 앞으로도 네가 지도하는 게 어떤가 싶어서 불렀어."

"맡겨만 주십시오! 거뜬하죠!"

"그래, 그럼 부탁한다. 난 애 말고도 신경 쓸 게 많다 보니, 얘는 너한테 맡기마. 지낼 곳도 찾아 주고."

"넵!"

임펠은 안심될 정도로 굳건한 의지가 담긴 답을 내놨다.

"그럼, 나중에 보자. 하페르트."

"아…… 네! 아르키스 님."

난 그렇게 하페르트는 임펠에게 인도하고, 다시 투기장으로 들어갔다.

✤

임펠을 따라 빈 평민의 집으로 온 하페르트.

적당한 위치, 하페르트가 지내기에도 적당한 크기의 집이었다.

"너도 알다시피 평민이 살던 곳이야. 지금은 어차피 주인이 없는 곳이니 이제 이 집에서는 네가 살아. 바로 저기 맞은편 보이지?"

임펠이 창문 밖을 가리키며 말했다.

바로 앞에는 똑같은 크기의 집이 있었다.

"저기가 내 집. 아르키스 님이 나한테 널 맡기셨으니, 나랑 가까운 곳이 좋을 것 같아서."

"……그럼 혹시 제 스승님 같은 걸 임펠 님이 하시는 건가요?"

하페르트는 기대에 찬 목소리로 조심스럽게 물었다.

혹시나 실례가 되지 않을까 하는 조바심도 섞였다.

이에 임펠은 다시 하페르트의 머리를 헝클어트리며 답했다.

"그래, 꼬맹이. 아니…… 하페르트, 분명히 내가 약속했지? 네 이름은 어엿한 조각사원이 되었을 때 부르겠다고. 그 약속을 지킬 때구나. 그리고 잃어버린 네 이름을 자력으로 되찾은 거야."

이제 임펠은 하페르트를 더는 꼬맹이가 아닌, 그의 이름으로 불렀다.

시간이 조금 지나긴 했지만 엄연히 약속을 지킨 순간이다.

'잃어버린 이름을 스스로 찾았다.'란 말에 하페르트는 울컥했다.

"임펠 님……."

벅찬 감동이 차오른 하페르트가 임펠을 와락 안으려고 할 때 임펠이 손을 들어 그를 멈춰 세웠다.

"워, 워. 우리 아직 이 정도로 친한 건 아니잖아? 나중에 더 친해지고 하자. 이건."

"아…… 네, 죄송합니다."

어쨌든, 조각사 내부에 새로운 사제가 생겼다.

내가 훈련을 마치고 집으로 돌아와, 새우잠이라도 청하기 위해 눈을 감았을 때다.

새로운 방식의 훈련 때문일까.

아니면 리프의 약효가 슬슬 끝날 때라 그런 걸까.

내 정신이 서서히 옅어지며, 완전히 사라지고 잠에 빠진 순간이다.

─……에미어, 에이머…… 나를…… 만나러 와 주렴…….

스승님의 목소리가 들렸다.

스승님의 간곡한 부탁

스승님의 목소리를 듣자마자 난 깜짝 놀라 발작하듯, 잠에서 깼다.

그리고 반사적으로 주위를 살폈지만, 당연하게도 주위엔 아무도 없었다.

"······꿈?"

환청 같은 게 아니다.

분명히 스승님의 목소리가 고스란히 들렸고, 눈을 뜨자 신기루처럼 말끔하게 사라졌다.

난 확실히 알 수 있었다.

내가 새우잠에 빠진 그 순간, 스승님이 꿈에 등장해 자신을 만나러 와 달라고 부탁했다는 것을.

"스승님…… 만나러 와 달라니요…….”

왜?

이 생각밖에 들지 않았다.

스승님이 갑자기 내 꿈에 나타난 것은 단순히 우연일까, 아니면 의도된 무언가일까?

우연일 리는 없다고 생각했다.

명확한 근거에 따른 것이 아닌, 그저 내 직감적인 생각일 뿐이다.

게다가 내 몸은 전생의 몸이 아닌 아르텔이란 몸이지 않은가?

몸이 바뀐 날 어떻게 알고 꿈에서까지 찾아온 것인지.

그것이 못내 궁금했다.

"무슨 일이…… 생기려는 징조인가…….”

꿈은 보통 약간의 예언적인 성격을 가지고 있는 하나의 영상물이라고 할 수 있지 않던가.

내가 환생한 뒤로도 꿈에 나타나지 않았던 스승님이 갑자기 나타났으니.

난 곧 불길한 무언가가 다가올 거란 생각이 들었다.

"이상하네…….”

그 뒤로도 잠을 청하려고 했지만, 뒤숭숭한 마음 때문에 뜬눈으로 밤을 지새웠다.

해가 뜨고 난 뒤에야 난 침대에서 주섬주섬 일어나 투기장으로 향했다.

컨디션은 정말인지 최악이다.

갑자기 꿈에서 들린 스승님의 목소리.

그로 인해 잠을 한숨도 자지 못해 뒤숭숭한 마음이었는데 이젠 피곤함까지 더해졌다.

투기장에 들르기 전, 난 바이스 가족이 사는 집에 들렀다.

"아르키스 님?"

현관문에서 나를 반긴 건 리프였다.

"리프, 약 좀 줘라."

"새로 개발한 약이 꽤 괜찮았나요?"

그녀는 잔뜩 기대하면서 되물었다.

"그거 말고, 피로 덜 느끼게 하는 거."

"……그러고 보니 안색이 상당히 초췌하시네요? 무슨 일 있으셨어요?"

"뭐…… 특별한 건 아니야. 아무튼, 물약 좀 줄 수 있어?"

리프는 여전히 아리송한 표정으로 내게 물약을 건넸다.

"고맙다."

그 순간, 집 안에서는 델세르가 튀어왔다.

"어! 아르키스 님! 마침 식사 시간인데 식사 안 하셨으면

하고 가시죠!"

"딱히. 생각 없어."

배가 고픈 것도 느껴지지 않았고, 결정적으로 뭔가 먹고 싶은 생각도 들지 않았다.

난 물약을 들이켠 다음, 빈병은 리프에게 건네주고 매몰차게 그들을 외면했다.

그 뒤에 도착한 투기장.

어김없이 오늘도 가렌트는 검사 무리를 이끌고 이곳으로 왔다.

"여~! 에이머! 좋은 아침이다!"

그는 나를 보자마자 과한 반가움의 표시로 내 등을 찰싹 치며 인사했다.

어제의 훈련이 꽤 흥미가 생겼는지, 눈빛이 오늘도 똑같은 훈련을 어서 진행하자고 안달 중이다.

"아, 아프다."

하지만 내 상태가 상태인지라, 난 가렌트와 달리 반가운 인사를 건네진 못했다.

가렌트는 그제야 내 얼굴을 보고 물었다.

"뭐냐? 안색이 왜 그래? 누가 밤에 잠 못 자게 괴롭혔어?"

"……그랬지."

"세상에, 이런 시국에 연애질도 다 하고 너무 태평한 거 아냐?"

얘기가 이상한 곳으로 흘러 들어가기 직전이다.

"네가 생각하는 그런 거 아니다. 아무튼, 시작할까?"

"상태가 영 아닌데, 괜찮아?"

"고작 하루 가지고 뭘. 리프한테 받은 물약을 마셨으니까 괜찮아. 내가 꼭대기에 있을 땐 이것보다 훨씬 더 피곤했어."

난 가렌트의 입을 막을 심산으로 두 개의 마검을 구현했다.

어제와 똑같은.

플레우드 원소가 주를 이뤘지만, 그 표면은 빛 원소로 덮어 식별이 용이한 마검이다.

"시작하자."

힘없는 목소리로 훈련의 개시를 알리자, 가렌트는 선뜻 하고 싶은 마음이 사라진 것만 같았다.

"정말 괜찮은 거야, 그 상태로 해도?"

"그렇다고 놀고 있을 순 없잖아. 저거 하늘 안 보여?"

전에 비전력을 연습하면서 투기장은 뻥 뚫려, 하늘이 바로 보이는 상태다.

우리가 보는 하늘은 여전히 불타는 검은 반점이 그대로인 하늘이다.

"……그렇지."

결국, 가렌트는 마지못해서 마검을 제대로 들었다.

내 말대로 컨디션이 조금 안 좋다는 이유로 놀고 있을 순 없었기 때문이다.

게다가 오늘이면 사일러드의 공격 주기가 찾아오는 날이다.

공격 주기는 통상적으로 이틀에 한 번꼴.

이틀 전에 헤이, 키에나, 쿠로의 모습을 한 몬스터들이 내려왔으니.

오늘이 딱 주기가 되는 날이다.

"너도 알지, 가렌트? 주기가 돌아왔어. 그러니까 훈련에 모든 힘을 빼진 말자. 곧 내려올 거야."

"그래, 알았어."

그렇게 우린 긴장감을 유지한, 위태로운 훈련을 본격적으로 시작했다.

"이상하네?"

그런데 밤이 이미 깊어졌을 때.

나와 가렌트는 서로 투기장 중앙에 앉아 뻥 뚫린 천장을 올려다보고 있었는데, 가렌트가 말했다.

"그러게……."

가렌트가 지금 무슨 생각을 하는 중인지 안다.

나도 하늘을 보며 불길한 생각만 가득했으니까.

오늘은 분명히 사일러드의 몬스터가 나타나는 주기.

그런데 하늘이 고요하다.

이미 밤이 깊어져 하루가 지났음에도, 오늘은 나타나지 않았다.

"사일러드라는 놈, 저 위에서 뭘 하고 있길래 잠잠할까? 분명히 주기에 따르면 오늘이 맞는데."

"나도 그놈의 머리를 헤집을 수 있었으면 참 좋겠다."

그래도 긴장을 늦출 수는 없었다.

어느덧 투기장엔 조각사들까지 모여서 대기하는 상황이 펼쳐졌다.

물론, 그사이에 하페르트는 없다.

아무리 조각사라고 하더라도 아직 실전에 투입될 수 없는 마법사였기 때문이다.

그렇게 우리는 멍하니 뻥 뚫린 천장만 바라보다가 결국, 일출을 다 함께 맞이했다.

주기가 명백히 돌았음에도 아무 일도 일어나지 않고 하루가 지났지만, 마냥 태평한 마음으로 있을 수도 없는 노릇.

우린 그래서 한 가지 대안을 내놓았다.

바로 아침부터 이곳 투기장에 있던 나와 가렌트는 잠시 돌아가서 휴식 시간을 가지고, 나머지 조각사와 검사 들이 교대로 상황을 지키는 것.

왜 사일러드가 활동을 시작하지 않는 것인지.

그건 밑의 세계에 있는 우리로서 알 방법이 없다.

지금은 최대한 긴장을 늦추지 않은 상태로 교대로 상황을 지켜보는 것만이 답이다.

그렇게 합의를 보고.

난 집으로 돌아왔다.

그리고 침대에 눕자, 눈꺼풀이 무겁게 감겼다.

잠에 빠지고 얼마 지나지 않았을 때.

다시 그 목소리가 들려왔다.

─에이머…… 나를…… 만나러 와 주렴…….

"……."

나는 다시 또 스승님의 목소리가 들리자마자 눈을 떴다.

이틀 연속으로 같은 현상이 나를 괴롭힌다는 것.

이것만큼은 확실하게 할 수 있다.

내가 잠에 들 때만, 스승님이 꿈에서 찾아온다는 것을.

"스승님……."

그러면서 동시에 의문점이 들었다.

왜 꿈에서만 찾아오는 것일까?

설마, 스승님이 어딘가에 환생하셔서 살아 계셨던 걸까?

잠깐 그런 바보 같은 생각을 했다.

하지만 난 곧장 현실을 직시하고 고개를 저었다.

이유인즉슨.

스승님이 돌아가신 시점은 이미 약 450년 전의 보름달 전투.

내가 대마법사로서 활동하다가 타일런트의 손에 죽은 건 약 300년 전.

따라서 난 대마법사로서 약 150년을 활동했다.

만약 정말 스승님이 환생하셨다면, 그 시기에 나를 찾아오셨을 거다.

가령 환생 시기가 나처럼 300년이 넘는 시기라면, 나와 비슷한 시기에 환생하셨을 것이며 본교건 어디건 우리가 마주쳐야 했을 게 당연하다.

하지만 타일런트를 끌어내기 위해 에드 분교를 넘어 본교까지, 그 과정을 거치면서도 난 델세르를 비롯한 에밋 가문의 생존자 말고는 아무런 플레우드를 본 적이 없다.

따라서 스승님은 완벽하게 돌아가신 게 맞다는 결론이 나온다.

"그렇다면 스승님…… 왜 연달아 나타나시는 겁니까?"

목소리가 스승님답지 않게 상당히 애처로웠다.

그것은 꼭 중요한 무언가를 전하지 못해서, 한이 남아 원혼이 이승을 떠돌면서 내게 알려 주는 것과 같이 느껴졌다.

"스승님…… 만나러 오라니요. 이미 돌아가셨는데, 저희가 만날 수 있는 곳이 있을 리가…… 아……."

딱 한 군데.

딱 한 군데 스승님과 만날 수 있는 곳이 있다.

바로 본교의 1층과 연결된 지하실.

그곳엔 역대 마법 학교 교장들의 초상화를 보관하니까.

분명히 스승님의 초상화도 그곳에 있으며, 죽은 줄만 알았던 내 초상화도 지하실에 있을 것이었다.

하지만 내가 본교 1층에 막 도착해서 내려가는 입구를 봤을 때 그 지하실은 타일런트가 이미 눈에 제대로 보이지 않게 막아 놓은 상태였다.

"설마…… 스승님, 만나러 오라는 곳이…… 본교 지하실입니까?"

타일런트가 지하실을 막은 것은 순전히 내 초상화에 스승님의 초상화까지 있으니, 꼴도 보기 싫어서였을 가능성이 크다.

즉 유치함에 젖은, 딱히 의미 없는 행동이란 것이다.

그러나 내게 자꾸 만나러 와 달라는 스승님의 목소리.

'보다'와 '만나다'는 어찌 보면 같은 의미를 품은 단어지만, 본질적으로는 상당한 차이가 난다.

'보다'는 기본적으로는 눈으로 대상의 존재나 형태적 특징을 안다는 뜻이다.

하지만 '만나다'.

이것은 얼굴을 직접 대면하는 것을 뜻한다.

즉, 스승님이 지금 내게 전하는 것은 나의 얼굴을 직접 자신에게 보여 달라는 뜻이 된다.

"스승님…… 정말 본교 지하실로 저를 부르시는 겁니까?"

본교 지하실은 어쨌건 본교에 있는 장소.

게다가 이제 본교는 사일러드가 장악한 곳.

정말 영혼이 되어 여전히 본교를 떠돌고 계셨던 걸까?

정말 그런 가설이 맞다면.

스승님은 현재 사일러드와 같은 곳에 있으니, 내게 무언가를 다급하게 알려 주시려는 걸까?

그리고 그것은 곧…….

주기가 찾아왔음에도 몬스터를 흘려보내지 않은 비밀을 알고 계신 것인가?

그런 생각만이 계속 들었다.

'이럴 때일수록 감정에 휘둘리지 말고, 침착하자.'

상황이 이렇다고 감정대로 움직일 수 없었다.

에타르가 에드 분교 5클래스에서 6클래스로 넘어가는 시험에서, 내 정체를 알았음에도 굳이 보주화까지 구현하면서 우리 둘만 알고 있는 말을 내 입으로 뱉게 한 이유가 뭔가?

아예 의심의 여지는 물론, 변수 없이 확실히 알기 위해서다.

난 그런 에타르가 생전에 보였던 행동을 떠올리며 마음을 다잡았다.

'어쨌건 스승님을 만나려면 본교로 가야 하는 건 맞다. 그러나 조금 더 지켜봐야 해.'

정말 스승님이 눈에 보이지 않는 영혼이 되어 여태껏 본교를 떠돌고 계셨고, 사일러드가 무슨 수작을 부리는지 직접 보고 내게 그것을 알려 주시려는 생각이라면.

난 더 신중하게 움직여야 한다.

'조금만 더 지켜보자, 이 상황이 계속 이어지는지.'

밑의 세계에 있는 나로선 그게 가장 확실한 방법이라고 생각했다.

내일도.

또 그 내일도.

계속해서 사일러드의 몬스터가 하늘에서 내려오지 않는다면 내가 예상하는 부분이 맞으니까.

그럼 그때, 본교로 향하면 된다.

'그런데 본교론 어떻게 향하지? 이미 웨이 포인트를 전부 부쉈는데.'

그 문제점이 떠오르자마자, 동시에 해결 방안도 떠올랐다.

이내 난 창가로 다가가 어느 한 건물을 바라봤다.

바로 셔먼이 감금된 그 집이다.

'살려 두길 잘했군. 이제 넌 우리의 도구가 될 운명이야.'

정말 그에게 걸맞은 형벌이라고 생각했다.

타일런트가 살아 있을 적엔 그를 등에 업고 의기양양하게 문지기란 직책으로 패악을 부렸으니.

이제 역으로 우리에게 놀아날 차례다.

✿

밤이 깊어졌을 때, 난 투기장으로 향했다.

일단 보다 확실하게 상황을 지켜보기로 나 혼자 정했으니.

아직 꿈에 스승님이 나타났다, 그래서 본교를 가 봐야 할 것 같다.

이런 소리는 아무한테도 하지 않았다.

확실히 정해지지도 않았는데 지금 알리는 것은 너무 설레발을 칠 수도 있는 것이기 때문이다.

투기장엔 늘 그렇듯, 가렌트가 나왔다.

이번엔 나보다 조금 더 빨리 나온 모습이다.

"안색이 그래도 조금은 괜찮아졌네? 잠 좀 잤어?"

"응, 대충."

실제로 스승님의 목소리가 꿈에 나온 것은 한 번밖에 없었다.

마치 하루에 한 번만 들려줄 수 있는 것같이 느껴질 정도다.

그 뒤로 억지로 잠을 청하니 쪽잠이라도 잘 수는 있었다.

덕분에 컨디션은 조금 회복된 상태다.

"시작하자."

투기장에 모인 나와 가렌트는 아무 말 없이 서로를 마주했다.

어차피 이곳에 모인 목적은 뻔하다.

바로 마검술의 훈련.

난 가렌트에게 마검 하나를 만들어 주고 우리끼리의 훈련을 시작했다.

후웅—!

가렌트의 습득력은 상당히 빨랐다.

아직 며칠 지나지도 않았는데, 검술을 행할 때만큼은 자신이 원할 때 바람 원소를 구현하는 수준이 되었다.

검격을 계속 주고받으면서, 난 짧은 텔레포트로 거리를 벌리고.

그런 날 잡기 위해 가렌트는 도움닫기를 하며 바람 원소를 이용해 눈으로 좇을 수 없는 속도로 내게 돌진할 때였다.

그러면서 문득 한 가지 호기심이 들었다.

'이 상태로 마법을 봉인시키면 어떻게 될까.'

이는 가렌트가 얼마나 마법에 의존하고 있는지 알 수 있는 척도이기 때문이다.

현재 가렌트는 아주 대표적으로 바람 원소를 도움닫기의

속도를 폭발적으로 증강하는 데 쓴다.

과연 이렇게 집중하는 상태에서 바람 원소를 봉인시키면 어떻게 될지 직접 확인해 보는 것도 나쁘지 않겠다는 생각이 들었다.

그가 마법에 의존하면 할수록, 마검사로서의 성장도 상승 곡선이라는 내 믿음이 있으니까.

난 슬쩍 플레우드 보주화를 몰래 구현한 상태였다.

쿠당탕-!

그 순간, 도움닫기를 하던 가렌트의 몸이 앞으로 고꾸라지며 그대로 엎어졌다.

"설마, 이 느낌? 에이머 너……"

가렌트는 이미 내 플레우드 보주화를 몇 번이고 본 적이 있어서, 눈에 보이진 않더라도 그 기운을 감지할 수 있는 녀석이다.

내가 플레우드 보주화를 띄우니 그는 자연스럽게 바람 원소 마법을 사용할 수 없는 상태에 빠졌는데 하필이면 그때가 또 내게 돌진하기 위한, 바람 원소를 사용한 도움닫기를 하던 중이라 속도를 스스로 제어하지 못해 그대로 고꾸라진 것이다.

"아, 미안. 확인하고 싶었어, 얼마나 마법에 의존하는지."

"그런 쓸데없는 짓을 왜 하는 거야……?"

"네 생각엔 그렇겠지만, 나한텐 아니니까. 아무튼, 미안."

가렌트가 스스로 고꾸라질 정도면, 적어도 몸을 움직일 때는 바람 원소에 100% 의존한다고 볼 수 있다.

　아직 활용할 수 있는 범위가 그 정도가 최대치인 것인지, 아닌지는 모르나 나로서는 꽤 값진 성과다.

　난 가렌트 앞으로 다가가 손을 내밀었다.

　"그런 실험을 할 땐, 적어도 말이라도 해 주지?"

　그는 내 손을 맞잡고 일어서며 투덜거렸다.

　"그냥 갑자기 플레우드 보주화가 뜨면 어떤 상태인지 알고 싶어서인 게 전부라니까."

　"아니, 아무리 생각해도 이상하잖아. 우리가 상대하는 사일러드란 놈이 너처럼 플레우드도 아닌데 굳이 그럴 필요가 있냐고."

　"……."

　듣고 보니 또 그건 맞는 소리긴 하다.

　가렌트 이 녀석.

　저번에도 느꼈지만, 마법을 사용할 줄 알고 나서는 은근히 머리 회전이 잘되는 녀석이다.

　아니, 원래부터 잘됐던 건가?

　그 부분은 나도 잘 모르겠다.

　"그래도. 확실히 확인하는 게 좋다고 생각해서 그랬지."

　"난 전혀 아니야. 사일러드가 플레우드도 사용할 줄 아는 상태라면 내가 바람 원소를 봉인당해도 납득할 수 있는데,

그렇지 않은 상대니까."

약간의 장난 섞인 실험이었는데, 아무래도 기분이 조금 상한 듯했다.

"미안하다니까. 그래도 사일러드는 비전력도 사용할 줄 아는 놈이야. 게다가 바람 원소까지 가지고 있고. 미리 이런 거 겪어도 나쁘지 않은 거 같은데."

"비전력의 바람 원소을 사용하면 내 바람 원소는 사용 못 해?"

"……아니지."

"그래! 그러니까 의미 없는 짓이라고!"

"……알았다니까."

무슨 어린애도 아니고.

이제 급기야 토라진 모습을 보였다.

"나 같으면 그런 상황이라면 실험보다 비전력을 알려 줄 생각을 하겠다! 자식아!"

"하하……."

멋쩍은 웃음 뒤로.

"……응?"

난 뒤통수를 한 대 맞은 것 같은 충격을 느꼈다.

가렌트가 비전력……?

생각해 보니, 가렌트는 이미 대검사를 지닐 정도로 검사 중에서도 가장 강하다.

그것은 곧 검사 중에서 가장 몸이 튼튼한 녀석이라고 봐도 무방하다.

정말, 만에 하나.

가렌트에게 비전력을 알려 주고, 녀석이 그대로 행할 수 있다면……?

비전력에 필수적으로 필요한 건 마나양보다도 강인한 신체다.

이미 가렌트는 그것을 가졌으니, 충분히 가능성 있는 얘기였다.

"그러네? 왜 그걸 생각 못 했지? 너한테 비전력을 알려 주는 거."

"……그냥 해 본 소린데, 진짜 해 보려고?"

"나쁠 거 없잖아? 네가 비전력까지 사용할 수 있다면 우린 정말 서로에게 등을 맡길 수 있는 든든한 동료가 되는 거 아니야?"

"……그러네?"

나도 이런 생각을 해 볼 수가 없던 이유.

이제 가렌트는 마법의 길에 들어섰기 때문이다.

마법의 기초라곤 아예 없는 녀석이었는데, 그런 녀석을 상대로 비전력을 가르칠 생각이 들었겠나?

정말 가렌트가 사용할 수 있다면.

사일러드와 맞설 때 내가 따로 그를 보좌하지 않아도 된다.

자력으로 충분히 방어, 공격이 전부 가능하다.

게다가 사일러드가 비전력으로 만든 몬스터는 마법의 공격보다 물리적인 공격이 훨씬 효과적이니 사일러드 입장에선 천적 그 자체가 될 것이다.

물론, 지금의 나도 그럴 것이고.

"야, 가렌트. 말 나온 김에…… 정말 해 봐도 될 것 같은데?"

"아니…… 그런데 나 지금 마법 제대로 구현 못 하는 상태라며?"

"그건 신경 쓰지 마. 애초에 넌 마법 구현 방식이 기존의 마법사랑 아예 다르다니까? 따라서 마법사들의 서클 마법이 너한텐 의미가 없어. 애초에 넌 마법을 공격형으로 쓰지도 않으니까."

"음…… 그러네? 나도 무의식적으로 마법을 내 몸을 조금 더 빨리 움직이거나 상대의 공격을 쳐 내는 데 쓰는 게 훨씬 편했거든."

실제로 가렌트는 나와의 대련 중에 내가 마법을 날리면 검을 허공에서 휘둘렀다.

검격에서 나오는 바람.

그 바람에 자신의 바람 원소를 더해 눈에 선명히 보일 정도의 바람 장막을 생성했다.

바람 장막은 나의 마법을 막아 내곤 했다.

튕겨 내거나 소멸시키는 게 아닌, 장막에 그대로 박혀 빼지도, 그렇다고 더 밀어 넣을 수도 없는 상태로 만들었다.

지금이야 투사체만 방어할 수 있지만, 가렌트의 마력이 더욱 강해진다면?

날카로운 마검도 그의 바람 장막을 뚫지 못할 것 같은 기분이 들었다.

"그런데 에이머. 전에 얼핏 들었을 땐, 비전력이란 거. 그걸 사용하는 너조차도 어떻게 알려 줘야 하는지 몰랐던 거 아닌가?"

"맞아."

"그런데 나한테 어떻게 알려 주게? 게다가 이렇게 단계를 전부 건너뛰면서 그게 가능한가?"

"단계는 필요 없어. 애당초 너한테 마법의 단계란 게 존재하지도 않았으니까. 알려 주는 방법은……."

나도 그 부분은 걱정하게 됐다.

과연 어떤 식으로 수업을 진행해야 할까?

나 자신도 모르는 사이에 터득했던 그 비전력.

그것을 어떻게 남에게 전수한단 말인가?

터득하는 방법도 몰랐는데.

"아!"

그래도 좋은 생각이 났다.

솔직히 말하면, 이게 정답은 아닐 거다.

그저 해답이길 바라면서 시도하는 방법이다.

나도 이런 걸 처음 해 보기 때문이다.

난 바로 가렌트에게 줄기처럼 뻗은 플레우드 원소를 연결했다.

그리고 곧장 이어지는 마법은.

늘 그렇듯, 링킹이다.

"기분이…… 묘하게 더럽다? 뭐 한 거야?"

"링킹. 저번에 사일러드의 몬스터와 처음 대면했을 때, 내 기억을 너에게 보여 줬던 그 마법."

"아하. 그거!"

"그런데 이번엔 조금 달라. 이 링킹을 이용해서, 너한테 비전력을 조금씩 주입할 거야."

링킹은 마나를 일시적으로 남에게 주입하는 것도 가능하다.

마나도 가능한데, 비전력이라고 안 될 것 있나?

게다가 가렌트는 믿을 수 있을 정도로 몸이 튼튼하니 충분히 소화할 수 있다는 믿음에, 과감히 행할 수 있는 방법이었다.

"대신 가렌트, 이거 하나만은 명심해. 비전력이란 건 몸에 부담이 상당히 커."

"알지."

"솔직히 검사인 너한테도 부담이 클지 아닐지, 나도 몰라. 처음 해 보는 거야. 날 너무 믿지 말란 뜻이지."

"걱정 마."

"하다가 몸이건 정신이건 뭔가 이상 증세가 느껴지면 바로 나한테 말해. 즉시 중단할 테니까."

"허허, 우리 대마법사님? 왜 오늘따라 혓바닥이 기시네? 평소의 내가 아는 에이머라면 대답을 들은 순간 바로 했을 것 같은데?"

……그거야 네가 비전력의 부담을 제대로 몰라서 그런 거고.

대마법사인 나도 처음 시도하는 방법인데, 어떻게 무작정 안심할 수 있냔 말이다.

하지만 가렌트는 연신, 걱정 말라는 표정과 답을 귀가 따가울 정도로 강조했다.

"아, 거참! 나 대검사야! 몸 아픈 건 너보다 잘 버틴다니까? 내 몸이 너보단 튼튼해! 그러니까 걱정 말고 얼른 해 봐! 나도 느껴 보자! 그 비전력이란 거!"

"……."

그래, 저렇게 자신만만한데 친구인 나라면.

믿고 따라 주는 게 도리 아니겠는가?

난 비장한 목소리로 말했다.

"마검 똑바로 들어. 링킹 이용해서 그 마검을 이룬 마나를 비전력으로 바꿀 거니까."

가렌트는 대답을 생략하고, 의기양양한 표정으로 마검을 들어 올렸다.

"간다?"

"에헤이, 혓바닥 길다 안 했냐? 하기나 해."

가렌트는 마치 '들어와.'라는 뜻이 노골적으로 서린 손짓을 보였다.

"좋아, 간다."

그렇게 난 가렌트 손에 들린 마검을.

비전력으로 천천히 바꾸기 시작했다.

아주 천천히.

가렌트가 이상 증세를 느낄 수 있도록.

마검을 이룬 마나가 100%라고 치자.

그럼 난 5% 구간이 되었을 때 가렌트에게 물었다.

"괜찮아? 아프거나 그런 거 없어?"

"없어. 더."

다시 5%를 올렸다. 이제 10% 구간이다.

"어때?"

"몸이 아픈 건 없어. 네가 귀찮게 자꾸 물어서 귀가 아파."

"……"

그래, 명색이 대검사라서 이 정도는 거뜬하게 버틸 수 있다, 이거지?

그렇다면 이번에 5% 구간 건너뛰고, 바로 10%다.

내가 가렌트와 훈련의 성과를 확인하기 위해 비전력 중간 점검을 했을 때가 어림잡아 30%쯤.

따라서 나도 전생을 기준으로 30% 수준까지는 구현할 수 있다.

그것을 바꿔 말하면, 30% 수준까지 가렌트에게 체험을 시킬 수 있다는 뜻이다.

그렇게 비전력 비율이 20%가 되었을 때다.

"……야, 확실히 신호 온다."

'역시, 아무리 가렌트라 해도 안 되는 건가.'

하지만 가렌트의 몸을 확인하고 난 의아할 수밖에 없었다. 몸에 신호가 온다는 녀석이…….

너무나도 멀쩡한 상태다.

"……무슨 신호가 오는데?"

외관으로는 아무런 문제가 없는데 신호가 온다고 하니, 도대체 무엇을 느끼고 있는지 나도 궁금할 지경이다.

"몸이 엄청 결리는데? 고강도 훈련하고 나서의 그 느낌 있잖아. 근육통을 넘은…… 몸이 아리는 것."

"……버틸 만은 하고?"

"응."

이미 비전력 비율이 20%나 된다.

그런데도 몸은 멀쩡하다면…… 혹시, 정신 쪽은 어떤지도 물었다.

"정신은? 머리가 깨질 듯이 아프다거나, 아니면 시야가 흐릿하다거나…….."

"그랬으면 내가 이렇게 제대로 서 있지도 못하고, 말도 제대로 못 했겠지?"

"…….."

참…… 할 말 없게 만드는 녀석이다.

비전력을 아무렇지도 않게 버티다니.

비록, 20% 수준밖에 되지 않는다고 하더라도 상당히 위험한 자원이다.

나도 이걸 바뀐 몸으로 처음 시도할 때 피를 분수처럼 쏟으며 곧장 정신을 잃고, 장기간 혼수상태에 빠지지 않았던가?

'그렇다면…… 비전력의 준비물은 마나보다 강한 신체가 절대적이란 뜻인데…….'

가렌트가 가진 마법적 재능이 얼마나 되는지는 알 수 없지만, 그것만이 정답인 것은 사실이다.

비전력을 사용하기 위해선.

마나보단 몸이 우선이다.

몸만 튼튼하다면 누구든 사용할 수 있다는 뜻이 되기도 한다.

'이렇게 보니 꼭 비전력이란 게 마검사를 위한 자원 같군.'

마나를 다룰 줄 알며, 강인한 신체를 가진 자.

그게 현시대에선 마검사 말고는 누가 있다는 말인가?

유이한 마검사.

나와 가렌트밖에 없다.

물론, 비전력을 공식적으로 사용할 수 있는 사람은 나와 사일러드밖에 없지만.

'사일러드가 검술까지 익히면…….'

그야말로 끔찍한 미래만이 우릴 기다릴 것이다.

그나마 우리가 사일러드에게 대항할 수 있는 것이 바로 검술.

비전력으로 만든 그의 신물을 물리적인 충격으로만 잡을 수 있고, 마침 나와 가렌트가 마검사이니 우리 둘이 그의 상성이라고 할 수 있다.

이것을 바꿔 말하면 검술만이 우리가 믿을 수 있는 유일한 무기인 셈이다.

만약 사일러드가 우리의 유일한 무기인 검술까지 익혀, 그도 마검사가 된다면.

우린 다 같이 한곳에 모여, 겸허히 죽음을 묵묵하게 받아들이는 것 말고는 할 수 있는 게 아무것도 없다고 말할 수 있을 정도다.

"에이머, 몸이 조금 결리긴 하지만, 버틸 수 있어. 조금 더 강하게 해 봐."

그 와중에 가렌트가 말했다.

"오냐."

그래, 이왕 시작한 거 한번 끝까지 가 보자꾸나.

중간 점검에서 내가 낼 수 있는 비전력의 최대치 30%까지 끌어올렸다.

'응……?'

이번엔 내가 이상한 걸 느꼈다.

분명히 한계였던 30% 수준인데.

지금은 몸이 욱신거리기만 할 뿐, 충분히 버틸 수 있는 수준이었기 때문이다.

욱신거리는 것도 멍이 들어 움직일 때 아픈, 그런 가벼운 통증이다.

난 가렌트의 몸도 확인하며 물었다.

"어때, 가렌트? 어디 안 아파?"

"멍든 것 같은 기분이긴 한데…… 그것만 빼면 괜찮은데? 네가 괜히 겁준 거야? 엄청 아플 거라더니."

"……."

이럴 리가 없다.

나도 며칠 사이에 비전력을 더 끌어올릴 수 있는 상태가 되었다니?

그 며칠 사이에 리프의 물약 덕에 훈련이 더욱 순조롭게 진행된 것 말고는 달라진 게 아무것도 없다.

내 마력이 고작 며칠 사이에 증폭되었을 리도 없으니까.

그리고 가렌트.

그도 마력이 나에 비하면 한참이나 모자랄 텐데, 지금 비전력을 잘 버티고 있는 것도 의아했다.

'비전력이란 거…… 내가 잘못 알고 있던 건가……?'

본래 나는 비전력이란 게 가지고 있는 마나가 일정 수준.

그러니까, 마법사들 사이에서도 독보적으로 최고치에 다다랐을 때만 변환할 수 있는 거라고 생각했다.

실제로 '존재하지 않는 자원'이라고 불릴 정도로 알려진 건 아무것도 없고, 비전력 사용자인 나조차도 비전력의 조건을 제대로 몰랐으니까.

그런데…… 지금 가렌트의 반응과 내 상태를 보고 의문을 품었다.

어쩌면 비전력이란 건 애당초 가진 마나양은 상관없이, 시전자의 몸이 가진 강인함을 토대로 변환할 수 있는 게 아닐까?

이 추측을 쉽게 설명하면 이렇다.

기존의 마나의 최대치를 100이라고 하자.

그래서 100에 도달한 마법사만 비전력을 사용할 수 있는 거라고 여겼는데, 사실은 그 수치는 상관없이 1이건 10이건 자신이 가진 몸만 튼튼하다면 그 소량의 마나를 비전력으로 바꿀 수 있는 게 아닌가 하는 것이다.

'가렌트의 상태를 보면 그게 정답에 가까운데……'

만일 가진 마나양에도 영향이 있다면, 이미 가렌트는 뇌사가 왔을 거다.

이제 막 마법의 길로 들어선 그가 비전력을 소화할 수가 없으니까.

"가렌트, 이미 비전력을 내 전생의 30% 수준으로 끌어올렸거든?"

"30%면…… 분명히 며칠 전에 네가 할 수 있는 한계치 아니었어?"

"응."

"그런데 멀쩡하다는 건……?"

역시 나와 늘 붙어 있어서 그런지, 바로 알아차렸다.

"더 할 수 있단 거구나?"

"아마 그런 것 같아. 그래서 너와 연결된 상태로 더 해 보려고. 괜찮겠어?"

"물론이지! 뭘 귀찮게 계속 물어! 그냥 질러 버려!"

역시나 검사답게, 그는 부딪치는 것을 두려워하지 않았다.

고통으로 가득한 훈련을 오히려 피하지 않고, 몸에 익숙하게 만들도록 하는 검사들이니 저런 과감한 결단이 가능하리라.

"좋아, 간다. 못 버티겠으면 바로 말해야 한다!"

"아, 거참! 일단 지르라니까!"

난 그렇게 비전력의 비중을 서서히 높였다.

35%를 넘어 40%까지.

"으윽……."

나와 가렌트는 신음을 흘렸다.

확실히 40%쯤 오니 누군가에게 몸을 구타당하는 것처럼, 여기저기가 아파 왔다.

그래도 할 수 없는 상태는 아니다.

그 상태를 이기며, 정신을 최대한 집중해 다시 40%에서 비전력 비율을 올려 갔다.

44%…… 46%…….

그렇게 50%에 도달한 순간이었다.

"그만!"

가렌트가 먼저 다급하게 말했다.

하지만 육안으로 보기에 그의 몸은 멀쩡했다.

"어디가 문젠데?"

털썩.

내게 답하기도 전에, 그는 한쪽 무릎을 꿇으며 주저앉았다.

확실히 이상 증세다.

난 다급하게 비전력 구현을 중단했다.

"괜찮아?"

그리고 그에게 다가가며 상태를 확인했다.

"몸은 버틸 수 있었는데…… 머리가 핑 돌아. 제대로 서기도 힘들더라. 눈도 제대로 안 보였고……."

그렇다면 비전력이 내가 생각한 것처럼, 가진 마나양이 아예 상관없는 건 아니란 뜻이다.

어지럼증이나 뿌연 시야.

이것은 뇌에 이상이 생겼을 때 나타나는 증상들이니까.

이로써 확실히 알 수 있다.

비전력을 사용할 때 가진 마나양이 아예 상관없는 건 아니다.

일정 수준 이상이 넘어갈 때, 가진 마나양이 얼마냐에 따라 감당할 수 있는 비전력의 양이 달라진다.

지금 가렌트의 상태로는 내가 전생에서 사용했던 비전력의 40%.

그게 적당한 수준이란 뜻이었다.

하지만 나도 새로운 사실은 분명히 알았으니.

마나양이 절대적인 게 아니다.

비전력에 필요한 것은 강인한 신체, 그것만이 절대적이다.

이를 반대로 말하면 비전력은 마검사 전용 자원이라는 결론을 내릴 수 있다.

"후우…… 비전력이란 거, 이런 기분이구나? 영 불쾌하네."

아무래도 몸이 아픈 것에는 익숙한 그지만, 머리가 아픈 것은 역시나 익숙하지 않은 게 확실하다.

하지만 가렌트 덕분에 새롭게 발견할 수 있었던 비전력의 새로운 정의.

난 이 기회를 놓치고 싶지 않았다.

"가렌트, 조금 쉬었다가 상태가 괜찮아지면 비전력으로 만든 마검을 가지고 훈련하는 거 어때? 40% 정도가 너한테 적정 수준이던데."

"그런데…… 그건 네가 하는 거잖아? 네가 원하는 건 나도 과연 비전력을 사용할 수 있느냐, 없느냐가 아니야?"

"그렇긴 한데, 너도 알잖아. 비전력 사용자인 나도 지도 방법을 몰라. 나도 어느 순간 깨달은 거라서 알려 줄 방법이 없지."

"그럼 내가 비전력을 사용할 수가 없잖아."

"그래서 링킹으로 연결한 상태로 하자는 거야. 구현 방법을 너에게 알려 줄 순 없지만, 넌 내 비전력을 받는 상태니까 어떤 느낌인지 알잖아. 네가 느끼는 게 있고, 너도 비전력을 사용할 수 있는 몸이라면 나름대로 방법을 터득할 수 있지 않을까 싶어서."

"으음……."

가렌트는 골똘히 생각에 잠긴 뒤, 고개를 천천히 끄덕이며 답했다.

"확실히. 마나랑은 뭔가 본질적으로 다르다는 게 느껴졌어. 너와 연결된 상태로 네가 주는 비전력을 내 몸으로 느끼면…… 확실히 뭔가 할 수 있을 것 같은 기분이 들던데?"

확신은 없지만, 자신은 있다는 소리다.

"그럼 그렇게 하자, 앞으로의 우리 훈련은."

"그래, 일단 회복부터 하자. 어지러워 미치겠다."

가렌트는 그렇게 투기장 중앙에 대자로 벌러덩 누웠다.

그리고 뻥 뚫린 천장을 바라보며 말했다.

"그나저나…… 왜 사일러드가 갑자기 주기를 거스른 걸까? 그것도 스스로. 누가 방해할 놈도 없을 텐데 말이야. 갑자기 조용하니 불길하다. 폭풍 전야란 말이 떠오르잖아."

태풍이 오기 전엔 고요한 법.

고요함 뒤에 천지가 뒤틀리는 재앙이 찾아온다.

따라서 고요함이 무조건적으로 긍정적인 신호는 아니다.

"그러게……. 안 그래도 이틀 연달아 자꾸 스승님이 꿈에 나타나는데, 무슨 연관이라도 있는 건가?"

"……응?"

나도 모르게 그의 말에 맞장구치다가 일단은 혼자서 간직하기로 한 것을 내뱉고 말았다.

"네 스승님이라면…… 그 하얀 할아버지?"

순간 가렌트가 어떻게 스승님의 인상착의를 알고 있는 건가 의아했지만 생각해 보니, 사일러드의 몬스터와 처음 대항했을 때 링킹을 통해서 보여 준 적이 있지 않은가?

"응."

"정확히 언제?"

"어제랑 오늘. 사일러드가 주기를 거스른 날부터지."

"그래서 어제 네 안색이 안 좋았던 거구나? 스승님이 꿈에서 뭐라는데?"

"만나러 와 달래."

"이미 돌아가신 분이? 아니, 만날 수 있는 곳이 있나? 너처럼 어딘가에서 환생하고, 살아 계신 건가?"

"그건 아닐 거야. 살아 계셨으면 꿈에 나타날 리가 없지. 만날 곳은…… 의심 가는 곳이 있어. 마법 학교 본교 지하실. 그곳에 스승님의 초상화가 있거든. 그것 말고는 '만나다'란 게 성립될 게 아무것도 없어."

"그럼…… 얼른 가야 하는 거 아니야?"

난 고개를 저으며 설명했다.

이럴 때일수록 신중해야 하는 법.

그래서 상황을 조금 더 지켜보고, 사일러드가 계속 주기를 거스르면 그때 가겠다고 답했다.

"그런데 갈 방법이 있어? 위의 세계로 가는 길은 다 막혔잖아. 의회에 있는 마지막 웨이 포인트도 네가 부숴 놓고선."

"너희 검사들의 원수 있잖아."

셔먼을 말하는 것이다.

셔먼은 가렌트의 후임, 불카토스 밀턴을 죽이고 검사 학교 학생, 조교, 교관 들까지.

전부 죽인 검사들의 대대손손 전해질 원수.

내가 그를 살려 두기로 결정했을 때도 가렌트는 일단 지켜는 보겠지만, 합당한 최후를 선사하지 않으면 끝까지 원망하겠다고 으름장을 놓기도 하지 않았던가.

그런 녀석을 가렌트가 잊을 리가 없었다.

"그 갈아서 마셔 버리고 싶은 놈?"

셔먼은 적어도 가렌트에게······ 아니, 검사들 모두에게 이름을 잃었다.

갈아 마셔 버리고 싶은 놈.

그게 검사들 사이에서 불리는 셔먼의 별명이었다.

"응."

"걔가······ 위의 세계로 가는 길을 열 수 있어?"

"마법사들에겐 웨이 포인트 관리권인 차암이란 게 있어. 셔먼이 그걸 가지고 있지. 따라서 그것만 있으면 언제든 새 길을 만들 수 있다는 뜻."

"그래서······ 살려 둔 거야?"

"뭐, 완벽히 의도한 건 아니지만 어쩌다 보니 그렇게 됐지. 일단 상황을 지켜보다가 사일러드가 계속 주기를 거스르고, 스승님도 꿈에 자꾸 나타나면 그때 본교로 향해야지. 분명 뭔가 의미가 있는 것 같거든. 단순한 우연은 아닌 것 같아.”

“그럼 갈아 마실 놈은 우리의 도구로 전락하겠네?”

은근히 기대하는 목소리였다.

난 조용히 고개를 끄덕였다.

그러자 가렌트는 상당히 흡족한 듯이, 미소를 보였다.

솔직히 조금 의외였다.

가렌트가 이걸 마음에 들어 하지 않았을 거라고 생각했는데…….

“왜 그렇게 웃어? 셔먼을 도구로 사용하는 게 그렇게 좋아?”

무슨 생각인지, 궁금해서 물었다.

결정

"드라코에게 가혹하고 합당한 형벌이란 생각이 들어서."

의외였다.

셔먼을 살려 두기로 결정했을 때, 내게 보내던 그 살기로 그득한 눈빛은 이미 온데간데없어진 상태다.

가렌트는 이어서 말했다.

"내가 드라코 그 족속을 모르겠냐? 300년 전, 널 죽인 드라코 타일런트와 직접 봉인석을 통해 얘기까지 나눴잖아."

"……"

하긴, 생각해 보면 가렌트는 내가 죽는 그날 바로 후임 대검사를 정한 게 아니라 일정 기간 자신이 집권하다가 스스로 내려왔다.

그러니 꼭대기에 있을 당시에도 제법 긴 시간 동안 타일런트와 부딪쳐야 했을 거다.

　"너한테는 한 적이 있는 말이 아니군. 제 스승을 죽인 걸 내가 다 알고 있는데도 봉인석을 통해 나한테 뭐라고 한 줄 알아?"

　"⋯⋯모르지."

　"'정권 교체다. 신임 대바법사 드라코 타일런트라고 한다.' 라고 아주 뻔뻔하게도 말하더군. 난 그 순간 확실히 알 수 있었어."

　"뭘?"

　"이놈은 상당히 거만하며, 세상에 자기밖에 없는 줄 아는 녀석이라고. 두려운 게 아예 느껴지지도 않는 목소리더군."

　최소한 양심이란 게 자리 잡은 사람라면, 반대편에 있는 가렌트가 전후 사정을 전부 아는 걸 뻔히 아는데도 그런 말을 당당하게 내뱉을 수 있겠냐는 뜻이었다.

　가렌트가 확실히 타일런트를 제대로 봤다.

　"실제로 그 뒤로 일어난 일만 봐도 타일런트가 거만한 게 입증됐잖아. 아주 최근 일 중 하나를 거론하면⋯⋯ 마법사의 거리와 검사의 거리를 나눈 것도 그렇고."

　나도 그가 오랜 규율을 독단적으로 깬 것을 보고 조금 놀라긴 했지만.

　나와 같은 생각이었다, 가렌트는.

"그런 타일런트의 자식인데. 피는 물보다 진한 법이잖아? 갈아 마실 그놈도 세상의 중심이 자신이었는데, 이젠 가축보다 못한 우리의 도구로 전락할 앞날을 생각하니 그냥 기분 좋아서. 네 눈엔 유치하게 보이겠지만."

"아냐, 뭐가 유치해. 인간이라면…… 그런 생각이 드는 게 당연하지."

한때 시대를 장악했던 셔먼이, 이젠 자아도 없이 우리가 원하는 대로만 움직이는 꼴이 가축과 같다고 말하는 중이다.

정상에 섰던 자가 바닥까지 내려온 상황.

아니, 바닥도 과분하다.

바닥 밑에는 지하가 있다.

그리고 지하에는 층까지 있다.

지금 셔먼이 처한 상황은 과연 그가 지하 몇 층쯤에 있는 것이냐가 중요하다는 뜻이었다.

"그렇기에 합당한 형벌이라고 생각하는 거야. 나도 생각이 바뀌었거든. 그 갈아 마실 놈은. 죽는 것도 마음대로 못하고 이용만 당하는 게 놈한테 가장 끔찍한 형벌이란 생각이 들었을 뿐이야."

가렌트는 이제 내게 주먹을 슬쩍 내밀었다.

"뭐, 꽤 마음에 드는 최후네. 다행이야, 너를 원망하지 않아도 돼서."

가렌트와 합의 후에 결정한 것이 아닌, 나 혼자 멋대로 결정한 것인데도 저렇게 받아들여 주니…….

내심 기쁘면서 고마웠다.

난 가렌트가 내민 주먹을 툭 쳤다.

"상태가 괜찮아졌으면 이어서 속행하자."

이 얘기는 이렇게 끝.

지금 급한 건 우리의 비전력 적응 훈련이다.

"좋지."

가렌트도 마침 어지럼증이 사라졌는지, 벌떡 일어났다.

우린 다시 서로를 마주 보며 섰다.

바로 훈련을 시작할 참이기에, 당연히 적당한 거리를 유지한 채다.

그리고 가렌트의 앞에 비전력으로 만든 마검을 구현했다.

가렌트와 나, 둘 다 견딜 수 있는 수준인 40% 상태다.

"집어."

나의 단호한 지시에 고민도 없이 마검을 집어 든 가렌트.

"시작하자."

늘 했던 방식 그대로의 훈련의 시작이다.

우리가 서로에게 돌진해 검격을 일으킨 순간.

콰앙-!

폭음을 내면서 바람이 일렁였다.

정확히 말하면 우리의 마검이 부딪칠 때마다 작은 바람의 폭발이 생긴다고 보면 됐다.

일반 진검이 아닌, 마검.

게다가 마나가 아닌 비전력으로 만든 마검.

그렇다 보니 위력이 말도 안 되는 수준이었다.

그저 서로 검격 한 번만 주고받았을 뿐인데, 힘의 마찰이 얼마나 큰지 이런 폭발까지 일으킬 정도인가.

"에이머! 이 정도면 일격으로 사일러드 몬스터 다섯 마리쯤은 벨 수 있을 것 같은데?"

생전 경험해 본 적 없는 검의 위력에 가렌트는 신이 난 목소리다.

후웅—!

후웅—!

그리고 그가 검격을 휘두를 때마다, 생긴 바람.

기존에는 이 바람을 이용하여 바람 장막을 형성하곤 했다.

하지만 지금은 비전력으로 만든 마검을 이용해서일까.

그저 방어 용도에 지나지 않는 바람 장막이 지금은 단단한 철옹성이 된 것처럼, 내가 가진 힘—마법이 아닌 순수 근육의 힘—으로는 뚫는 것이 절대적으로 불가능한 수준이다.

'무기 하나 바뀌었다고 이거까지 이 정도로 바뀌어도 되냐……'

상대하는 내가 맥이 빠질 정도의 단단함이다.

난 슬쩍 가렌트의 뒤쪽에 빛의 봉인검을 여러 개 구현했다.

일부러 빛의 봉인검을 구현한 이유도, 가렌트가 반응할 시간을 주는 것이다.

밝게 빛나는 단검들을 그가 보지 못할 이유가 없으니까.

구현하자마자, 가렌트의 등을 노렸다.

내가 만든 빛의 봉인검도 마나가 아닌 비전력을 이용해 만든 것이다.

그러나.

티디딩−!

가렌트는 역시 바로 반응하고, 마검을 두 손으로 꽉 쥔 상태로 제자리에서 회전했다.

빛의 봉인검이 그렇게 전부 튕겨 나간 그 순간.

휘이이잉!

그의 몸에 바람 보호막이 감싸졌다.

이미 회전이 끝났는데도 바람만은 가렌트의 몸을 보호하듯, 휘감으며 부는 중이다.

소멸의 기미 따윈 아예 보이지도 않았다.

"……뭐지, 이거?"

아무래도 이건 가렌트가 의도하고 만든 것은 아닌 듯하다.

저렇게 놀란 반응을 보이는 것을 보니.

나도 과연 몸에 감싸진 저 바람이 어떤 효과를 가진 것인 가.

궁금함에 직접 확인해 보고 싶었다.

"방어하지 마, 가렌트."

다시 빛의 봉인검을 구현하고. 그의 몸을 노렸다.

똑같이 비전력으로 만든 빛의 봉인검이다.

그러나.

티디딩-!

가렌트가 따로 방어하는 행동을 취하지도 않았는데, 그의 몸을 감싼 바람이 알아서 빛의 봉인검을 튕겨 냈다.

"이거…… 어마어마하잖아?"

나도 놀랄 정도인데 당사자인 가렌트는 어느 정도일까.

이제 그의 목소리는 신이 난 걸 넘어, 완전히 흥분된 상태 다.

'가렌트가 비전력을 다룰 줄 안다면…… 그냥 움직이는 것 자체로 방어 마법이 형성되는 거잖아?'

저런 건 나도 본 적이 없다.

아니, 정확히 말하면 생각해 본 적도 없는 방식이다.

따로 방어형 마법을 구현하는 게 아닌, 움직이면서 생긴 바람이 알아서 마법의 갑옷이 되는 것.

이 역시 몸을 사용하는 것이 극한의 수준인 대검사 가렌트 이기에 저절로 된 것으로 보였다.

확실히 유용해 보였다.

몸만 움직이는데 알아서 저런 보호막이 생긴다면.

따로 방어형 마법을 구현할 필요도 없으니까.

그저 움직이는 것만으로도 공수(攻守)가 동시에 알아서 되는 현상.

꽤 흥미로웠다.

이는 곧 나도 검술이 점점 완성형에 가까워진다면, 누릴 수 있는 것들이니까.

"굳이 방어할 필요가 없다? 좋아! 에이머, 전력으로 간다!"

가렌트도 자신의 몸을 감싼 바람의 효과를 제대로 알고 템포를 올리기 시작했다.

콰앙! 콰앙!

나를 절대 봐주지 않고 퍼붓는 맹공.

난 그저 막기에 급급했다.

짧은 텔레포트로 거리를 벌리려고 해도, 가렌트가 이미 바람 원소를 이용해 추진력을 얻으니.

그가 몸으로 움직이는 것과 내가 짧은 텔레포트를 하는 것.

둘의 속도가 비슷할 지경이다.

그리고 가렌트의 맹공을 계속 막던 그 순간.

내 눈에 이상한 것이 보였다.

'왜 자꾸…… 잔상이 남지?'

바로 가렌트가 검을 휘두르는 행동을 하고 나면 꼭, 그의 잔상이 뒤에 남는 것.

마치 분신 마법이라도 사용한 것처럼 보였다.

방금까진 분명히 안 보이던 건데, 전력으로 나를 상대하기 시작하니 나타난 잔상이다.

하지만 가렌트는 자신의 상황을 인지하고 있지 않았다.

"흐읍!"

가렌트는 내 마검을 쳐 내기 위해 마검을 밑에서 위로 올려 쳤다.

콰앙!

난 겨우 막긴 했지만, 마검이 서로 부딪칠 때마다 생기는 폭발의 힘을 못 이겨, 방어 자세가 완전히 흐트러진 그 순간에.

푸슛!

"……뭐야?"

가렌트는 공격하지도 않았는데 내 가슴에 긴 세로의 선명한 칼자국이 생기고.

투확-!

피가 분수처럼 솟았다.

'설마…… 잔상이…….'

동시에 난 쓰러지면서 분명히 보았다.

가렌트에게 자꾸 남았던 잔상.

마치 분신 마법이라도 사용한 것처럼 보인 그 잔상.

잔상도 힘을 가지고 있었던 것이다.

지금 내 가슴을 벤 것은 가렌트가 아닌, 그가 어느 행동을 하고 나면 생기는 잔상이 벤 것이다.

'비전력이랑…… 검술이 결합하면 이런 것도 가능한 거야……?'

정말 무궁무진한 힘을 가진 자원, 비전력.

그저 마법과 결합했을 땐 세상을 새로 창조할 수도 있다고 전해지고.

사일러드같이 소환사와 합쳐지면 단순 신물이 아닌, 사람이라는 생명체를 마음대로 만들 수도 있게 해 주는 그 자원이…….

검사인 가렌트의 힘과 합쳐지니, 모든 행동에 잔상이 남았고 분신 마법처럼 힘을 그대로 간직했다.

아니, 분신 마법보다 더 뛰어난 것이다.

분신 마법은 본체가 가진 만큼의 힘을 내지는 못하지만.

지금 가렌트의 잔상은 가렌트가 가진 힘 전부를 시간 차로 재현하는 것이니까.

털썩!

그렇게 난 몸이 고꾸라지며 그대로 쓰러졌다.

가슴에선 여전히 피를 분수처럼 뿜으면서.

"에이머! 괜찮아?"

가렌트는 당황한 모습이었다.

당최 왜 갑자기 내 가슴에서 피가 터졌는지 그는 알지 못했으니까.

"흐흐…… 괜찮아. 의사나 불러. 이런 부상은 마법보단 너희들 의사의 의술이 훨씬 효과적이니까."

가슴의 화끈한 통증이 나를 괴롭혔지만, 이상하게 웃음이 났다.

검술과 비전력이 결합했을 때 어떤 효과를 내는지 내가 직접 몸으로 경험하는 중이었기 때문이다.

그리고 가렌트가 선보인 잔상 또한.

내 검술이 일정 수준을 넘으면 그대로 사용할 수 있는 것이 분명하다.

그 생각 때문에 웃음이 난 것이다.

가렌트는 황급히 투기장을 나가, 의사를 불러왔다.

⁂

가슴에 붕대를 칭칭 감은 상태로, 가렌트는 내 집을 찾아왔다.

그리고 난 그에게 내가 당한 부상의 이유를 설명했다.

"검술이랑 비전력이 합해지니까…… 그런 게 가능했다

고?"

자신이 직접 하고도 여전히 못 믿는 눈치다.

믿기 싫은 게 아니라, 믿기가 힘든 것이리라.

"응. 그래서 의사를 부르라고 할 때도 웃음이 다 난 거라니까? 나도 훈련을 열심히 하면 따라 할 수 있는 것들이잖아."

"너는 중상을 당한 와중에도 그거 때문에 웃었다고?"

"응."

진심이다.

아픈 것보다 새로운 것을 발견한 기쁨이 더 컸으니까.

"어휴, 이것도 은근 독종이잖아."

"은근히가 아니라 대놓고. 내가 독종 아니었으면 네 훈련을 견뎠겠냐?"

"……그건 그러네."

"아무튼, 덕분에 새로운 발견도 하고, 고맙다?"

"……너 다치게 한 건 미안하다."

"괜찮아. 일부러 그런 것도 아닌데 뭘. 수업료라고 치지."

"의사 말로는 다행히 상처가 깊지 않아서 크게 문제 될 건 없다고 하는데. 그래도 며칠 쉬는 게 어때? 다쳤을 땐 회복해야지."

"싫어."

난 창밖을 보며 단호하게 답했다.

"왜?"

이유는…… 역시, 사일러드 때문이다.

여전히 하늘은 고요한 상태로 사일러드의 몬스터는 나타날 기미도 보이지 않았다.

"폭풍 전야잖아. 마음 놓고 쉴 수 있는 여유 같은 거, 없어."

그러면서 난 침대에서 내려와, 가렌트 앞에 섰다.

"가자, 투기장으로. 아직 우리 교대 시간 남았다."

폭풍이 언제 다가올지 모르는데.

준비를 게을리할 수 있을 리가 있을까.

가렌트도 내 마음을 이해하는지, 불편함을 애써 지운 채로 나와 함께 투기장으로 향했다.

교대 시간까지 이어지는 가렌트와의 훈련.

난 이제 가렌트의 잔상을 조심하면서, 훈련에 임했다.

잔상은 가렌트가 만들고 싶을 때만 생겨나는 게 아니다.

검술에선 최고 경지에 오른 그다.

그것을 바꿔 말하면.

신체 활용도가 이미 최고조이기 때문에 알아서 생기는 것이니 가렌트가 직접 조종하거나 할 수 없다는 뜻이다.

그래도 가렌트는 이제 자신의 행동에 잔상이 남는다는 걸 의식하곤, 나와 대련할 때 막기 급급할 정도의 맹공을 퍼붓지 않았다.

한 번 공격하고 나면 1~2초 정도의 텀을 두고 공격했다.

일부러 잔상이 지나갈 시간을 주는 것이며, 내가 잔상까지 완벽하게 막을 수 있도록 상황을 봐주는 것이다.

일부러 내가 마법으로 가렌트를 공격할 때, 플레우드가 아닌 눈에 아주 잘 보이는 빛 원소를 주로 이용할 때와 같은 상황이었다.

그렇게 찾아온 야밤.

야밤이 우리의 교대 시간이다.

여전히 오늘의 하늘은 고요했다.

야밤이 될 때까지 사일러드는 움직임을 보이지 않았다는 뜻이다.

그렇게 다음 날.

또 다음 날…….

멈추는 법을 모르는 시간은 계속 천천히 달려, 일주일.

어느덧 한 달째까지 되었음에도 여전히 하늘은 고요함을 유지하는 중이다.

"어떻게 된 일이냐, 이게."

가렌트도 내내 신경이 쓰였는지, 내게 물었다.

하지만 내게 물어본다고 한들, 내가 답할 수나 있을까.

갑자기 한 달이나 잠적한 사일러드.

하늘엔 여전히 불타는 검은 반점이 떠 있음에도 그가 무슨 이유에서인지 활동을 멈추고 있는 것이 나도 불길했다.

지난 한 달 사이, 스승님은 어김없이 내가 잠들 때마다 꿈에 나타나서 늘 하시던 말씀을 기계적으로 반복했다.

─나를 만나러 와 다오.

얼굴은 여전히 보이지 않았고, 스승님의 목소리만 계속 울려 댄 게 어언 한 달째다.

당연히 갑자기 찾아온 장기의 고요함에 나와 가렌트도 어느덧 훈련에만 계속 집중할 수 있는 상태가 아니었다.

적어도 마음이 편치 않아서였다.

우리가 훈련하는 중에도 우리의 정신은 약속이라도 한 듯이, 은근슬쩍 하늘을 향해 갔고.

그러다 보니 부상도 잦았다.

나만이 아닌, 가렌트도 똑같이 부상을 당하곤 했다.

그리고 내가 이 정도로 신중했으면 됐다고 생각한 날이기도 하다.

"아무래도 준비해야겠어, 가렌트."

"그 말은……?"

"응, 스승님을 만나러 가는 게 좋을 것 같아."

적어도 그것이 이 사태에 대한 해결의 열쇠라고 생각이 들 정도니까.

스승님은 분명히 나에게 무언가를 전하고 싶어 하신다.

하지만 어떠한 제약이 많아, 꼭 얼굴을 마주 보고 있어야만 가능하기에 자꾸 내 꿈에 나타나는 것이 아니겠는가?

"언제?"

"오늘."

⁂

사일러드는 꼭대기로 살아남은 본교의 교수 네 명을 전부 호출했다.

드라코 베인을 시작으로 교수진이 일렬로 섰을 때.

크르르르륵–!

사일러드는 한 달 전에 이미 그들을 협박할 때 보여 줬던 거대한 늑대 한 마리를 소환했다.

"자, 오늘이 우리가 서로 약속한 시간인데. 어떻게, 내가 기대한 성과가 없어 보이는 건 기분 탓이 아니지?"

이미 한 달 전.

사일러드는 밑의 세계로 향하는 새로운 길을 만드는 것을 시도라도 해 보겠냐는 질문을 남겼었다.

말이 좋아 질문이지, 사실 협박이었지만.

"인자한 내가 한 달이나 기다려 줬는데. 자, 어서 보여 봐. 성과."

사일러드가 말했다.

하지만 베인을 포함한 드라코 가문의 마법사들에게는 사형 선고로 들려올 뿐이었다.

한 달 동안 아무리 노력해도 그들이 결코 이뤄 낼 수 없는 성과인 것을 알고 있었기 때문이다.

그래서 베인은 시간이라도 벌 목적으로 일단 받아들인 것이지만, 시간은 야속하게도 베인의 예상과 달리 너무 빨리 흘러 버렸단 점이다.

"뭐 해? 빨리 보여 보라니까?"

사일러드에게도 사정이란 건 있다.

그가 한 달이나 몬스터를 밑의 세계로 흘려보내지 않았던 이유.

그건 다름이 아닌 헤이, 키에나, 쿠로의 모습 그대로를 만든 생명체를 내려보냈을 때.

시간이 얼마 지나지도 않았는데 전부 소멸한 것을 느끼고 나서 내린 판단이다.

밑의 세계를 볼 순 없지만, 흘려보낸 그의 생명체는 자신이 만든 것이기에 적어도 느낄 수 있다.

정말 사일러드가 심혈을 기울여 만들어 낸 생명체들인데.

그런 정예 생명체가 너무도 간단히 제압당하면서, 그는 한 가지 생각이 들었다.

'이대로 계속 밑의 세계로 생명체를 흘려보내는 건 무의미

한 짓이다. 내 힘만 빼는 꼴이다.'

따라서 직접 내려가는 것이 정답이라고 생각해, 그동안 힘을 비축했다.

아무리 사일러드라 하더라도 비전력이란 자원은 남발할 수 있는 게 아니니까.

그리고 한 가지 걸림돌도 존재했는데, 바로 자신의 얼굴에 자리 잡힌 에타르가 남기고 간 화염.

힘을 사용할 때마다 환각제처럼 에타르의 화염이 괴롭히니, 전처럼 2~3일에 한 번꼴로 행할 수가 없었다.

사일러드는 확실히 알았다.

에타르가 남기고 간 화염은 강한 힘을 사용할수록, 괴롭히는 힘도 강해진다는 것을.

그것이 사일러드가 갑자기 잠잠해진 이유였다.

하지만 기다렸던 그의 눈앞에 나타난 것은.

밑의 세계로 향하는 포털이 아닌, 네 개의 어둠 원소 보주 화였다.

"얼씨구?"

기가 찬 사일러드는 헛웃음을 흘려보냈다.

"가만 보니, 나와 한 달간의 시간을 약속한 것은 너희가 살기 위해 작당을 벌일 시간을 벌기 위함인 것이었구나?"

"……."

베인은 아무 말도 하지 않고 그저 사일러드를 노려보았다.

실제로 베인은 지난 한 달간, 사일러드의 눈을 피해 살아남은 드라코 가문 생존 마법사들과 마법을 갈고닦는 수련만 했다.

애당초 자신들은 차암이 없어 새로운 길을 열 수 없다.

그리고 한 달 뒤.

자신들은 사일러드의 손에 의해 죽는다.

그렇다고 무기력하고 순순히 죽을 생각은 없다.

정말 만약, 자신들에게 탈출할 수 있는 힘이란 게 있다면 기꺼이 발악이라도 행하고 죽겠다는 생각으로 강수를 둔 것이다.

"미쳐 가지고."

기대한 것이 나타나지 않자, 사일러드도 이성을 잃다시피 화가 치밀어 올랐다.

그는 맞대응하기 위해 세 개의 보주화를 띄웠다.

바로 자신이 다룰 수 있는 원소 전부인 어둠, 불, 바람이다.

화르륵-!

휘이잉-!

순식간에 불줄기가 꼭대기 전체를 휘감기 시작했다.

이미 바람 원소 보주화가 띄워지면서, 강풍이 불던 곳인데 그런 강풍에 더해진 것이다.

"크흐흐흑……!"

채찍과 같은 불줄기는 드라코 가문의 마법사 몸체에 상처를 내기 시작했다.

드라코 가문의 마법사들도 자신의 마법으로 방어를 하려고 했지만.

"나를 뭐로 보고, 미개한 것들이……."

사일러드도 어둠 원소를 다룰 수 있지 않던가?

사일러드가 가진 힘보다 한없이 약하다 보니 마치 플레우드가 보주화가 떠 있는 것처럼, 드라코 가문 마법사들의 어둠 원소 보주화가 무력화되는 중이었다.

"감히 날 가지고 놀았다, 이거지?"

사일러드는 미리 소환해 둔 늑대에게 손을 내밀었다.

그러자 이론적으로 설명할 수 없는 현상이 일어났다.

늑대가 사일러드의 손으로 다가오더니, 몸체가 검은 기류로 변하면서 그의 손을 감싸기 시작한 것.

그런 변이는 아주 잠시.

이내 늑대의 몸체는 완전히 사라지고, 사일러드의 한쪽 손은 사람의 손이 아닌 방금 몸체를 잃은 늑대의 머리로 변해 있었다.

"저게 무슨……."

베인도 처음 보는 광경에 그만 평정심을 잃고, 두려운 목소리가 나왔다.

"그래, 처음 볼 거다. 너희 원소사는 소환사를 하등한 존재로 여겼으니까."

그런데 사일러드의 답이 이상했다.

그가 주제와 맞지 않은 말을 하고 있는 것같이 느껴졌다.

"소환사가 어떤 존재인지, 신물을 이용해 어디까지 할 수 있는지 너흰 그런 걸 아예 모르잖아? 마법사들에게 마법사에는 소환사는 없이 오직 원소사만 있었으니까, 예로부터."

"무슨 말을…… 하는 거지……?"

"너 따위가 알 필요 없어. 옛날 일이니까. 단지 지금 알아둬야 할 건 너희 원소사가 그렇게 무시한 소환사에게 먹히는 일만 남았다는 거지."

사일러드는 성큼성큼, 베인을 향해 다가갔다.

베인 무리는 그의 진격을 막기 위해 검은 송곳을 비롯한 온갖 마법으로 진로를 방해했지만…….

역시나 의미가 없는 짓이었다.

이미 사일러드의 어둠 원소 보주화에 그들의 마법은 전부 먹혔다.

'도대체 어떤 괴물인 거야…… 손도 댈 수 없을 정도라니…….'

적어도 손은 댈 수 있다고 생각했지만, 완전히 오산.

사일러드의 실상을 알고 보니.

그는 절대로 범접할 수 없는 경지에 도달한 마법사였다.

텁!

"끄윽⋯⋯!"

베인의 눈앞까지 다가온 사일러드는 사람의 손으로 베인의 목을 쥐었다.

"꺼져."

그 말을 끝으로 그가 늑대 머리로 변한 손을 베인의 머리에 가져다 댄 순간.

늑대 머리는 베인의 머리를 그대로 물어뜯었고, 베인의 머리는 목각 인형처럼 아주 간단하게 몸과 분리되었다.

끄드득! 끄득-!

그것으로 끝이 아니었다.

늑대 머리는 베인의 머리를 잘근잘근 씹었고, 둔탁한 소리가 그대로 흘러나왔다.

뼈가 그대로 늑대의 이빨에 잘게 부서지는 소리다.

머리를 잃은 베인의 몸체는 그대로 쓰러진 순간.

그 짧은 순간에 늑대의 머리는 목울대를 움직였다.

잘게 부순 베인의 머리를 그대로 삼킨 것이었다.

"내 양분이 되어라."

그렇게 사일러드는 나머지 남은 세 명의 드라코 가문 마법사도, 베인과 똑같은 방법으로 처리했다.

사일러드는 손에서 늑대의 머리를 떼고, 본래 형체인 온전한 거대한 늑대로 되돌려 났다.

"나머지도 처리해, 흔적도 남기지 말고."

늑대에게 명령하자, 늑대는 식사를 하기에 앞서.

아우우우우울-!

기쁨의 하울링을 내지른 뒤 주인인 사일러드의 명령을 착실히 이행했다.

"호오, 그래도 이것들, 꽤 쓸 만한 놈들이었잖아? 하긴, 드라코라면 300년 넘게 마법 사회를 장악한 것들인데 이 정도는 가지고 있어야지."

늑대가 식사를 끝마치자, 사일러드는 흡족한 목소리로 말했다.

분명히 느껴졌다.

자신의 마력에 어떠한 변화가 찾아왔음이.

그리고 그 변화는 자신에게 있어, 상당히 긍정적인 변화였다.

"흥미롭군. 뭔가 새로운 걸 할 수 있을 것 같은 기분이야. 이런 기분...... 분명히 전에도 느낀 적이 있는데."

가렌트와 함께 의회에 온 나는 조각사의 주요 인원을 불렀다.

알프릭, 트레샤, 바이스, 임펠, 루트.

이 다섯 명만 불렀다.

그리고 검사 쪽은 아무도 부르지 않았다.

오직 검사 중에서는 가렌트만 있을 뿐이다.

"갑자기 무슨 일이십니까, 아르키스 님?"

알프릭이 의회 안에 모인 사람들을 확인하고 물었다.

조각사 대부분이 없고 검사 친위대도 없는데, 자신들만 부른 이유에 대해서 궁금했으리라.

"본교로 가야겠어."

"……."

침묵은 잠시.

"네?"

알프릭을 포함한 전원이 의문의 목소리를 냈다.

난 일단 지난 한 달간, 자꾸 꿈에 나타난 스승님의 이야기를 그들에게 설명했다.

그 순간 트레샤가 다급하게 물었다.

"잠깐만요, 아르키스 님. 설마…… 스승님을 만나신다는 게, 본교 지하실에 있는 초상화를 보러 가신다는 말씀인가요?"

"응. 그거 말곤 없잖아, 지금 시대에 스승님의 얼굴이 새겨진 물건은."

"아무리 그래도…… 이건 너무 확신 없는 움직임 같은데……."

"상관없어. 너희를 부른 건 같이 가자는 말을 하기 위함이 아니니까."

　"그럼……?"

지금 만나러 갑니다

트레샤의 물음에, 난 가렌트를 가리키며 답했다.

"나와 함께 본교로 가는 건 가렌트만이야. 이미 가렌트랑 얘기는 끝냈어."

"그렇다면 저희를 부르신 이유는 무엇일까요?"

바이스가 차분하게 물었다.

"아무래도 나와 가렌트가 자리를 비우는 거잖아. 어쨌든, 본교가 있는 위의 세계로 가는 거니까."

"그 뜻은…… 두 분의 공석을 부탁한다, 이런 부탁으로 들리는군요, 아르키스 님. 그것 말고도 뭔가 저희에게 중요한 역할이 있는 것 같기도 하고요."

"역시."

바이스는 눈치가 참 빨랐다.

"그래도 반대는 하고 싶군요, 아르키스 님의 비전력 상태가 예전과 똑같지 않다 보니……. 어쨌든, 사일러드의 소굴로 직접 가시는 게 아닙니까?"

"자식 농사 참 잘 지었어, 바이스."

"……예? 갑자기 왜…… 그런 말씀을?"

사일러드가 행동을 멈춘 한 달.

비록 나와 가렌트가 늘 하늘 쪽을 신경 쓰고 있어서 부상을 입긴 했지만, 그것만 있는 건 아니다.

성과도 있었다.

그 짧은 한 달이었는데도 난 비전력을 어느덧 전생의 80% 수준까지는 끌어올릴 수 있게 되었다.

가렌트도 물론, 80%의 비전력 마검을 소화할 수 있는 몸이 되었다.

전부 리프가 개발한 물약 덕분에 이렇게 단기간에 이룰 수 있었던 성과다.

리프가 혼자서 주도했다고 해도 과언이 아니니, 자식 농사 잘 지었다는 덕담이 절로 나온 것이다.

"하하…… 부끄럽네요."

"그것처럼, 나도 믿는 구석이 있어서 본교로 향하는 거야."

전생의 100% 수준의 비전력을 사용 못 하면 어떤가?

지금 나에겐 전생에는 없었던 무기 하나가 새로 생겼다.

바로 검술.

실제로 가렌트와 매일 만나서 훈련을 하다 보니, 내 검술도 확연하게 향상된 것을 느꼈다.

결정적으로 나도 가렌트처럼 비전력 상태로 검술을 행하고 있으면 가렌트만큼은 아니지만, 간헐적으로 잔상이 나타났다.

그런 무기라면 아직 되찾지 못한 20%쯤은 충분히 상쇄할 수 있다고 생각했다.

하지만 바이스의 걱정은 끝이 아니었다.

"그래도…… 괜찮을까요? 물론, 아르키스 님을 못 믿는 게 아닙니다. 한 달 사이 아르키스 님도 강해진 것처럼, 사일러드도 똑같은 상태라고 생각되거든요."

그의 말도 일리가 있다.

한 달이나 행동을 멈췄다는 건.

뒤집으면, 힘을 한 달 동안 비축했다는 뜻이 되니까.

"그래서 가렌트와 함께 가는 거야. 미안한 말이지만, 너희와 함께 가도 도움이 되질 않으니까."

사일러드는 비전력 사용자에 어둠, 불, 바람 원소까지 다룬다.

일단 플레우드가 아닌 단일 원소사인 나머지는 절대 도움될 수 있는 환경이 아니다.

옛날에.

내가 델세르에게 남겼던 말을 지금 이 녀석들에게 그대로 해야 하는 상황이다.

오히려 짐만 된다는 그 말.

플레우드인 바이스는 조금의 도움이 될진 모르겠지만, 결정적으로 서클의 한계가 있지 않은가?

그렇다면 한계를 깬 델세르가 가장 도움이 되는 마법사라고 할 수 있지만…….

아직 역량 부족이다.

둠 리포졸의 유나이트 변환도 아직 안정적으로 할 수 없는 상태인데 어떻게 사일러드의 소굴인 본교로 데리고 갈 수 있을까?

내 말뜻을 알아차렸는지 바이스를 포함한 전부는 조금 씁쓸한 표정을 지을 뿐, 누구도 반박하지 않았다.

그저 고개만 끄덕이고 있었다.

"그럼 저희가 뭘 하면 될까요?"

바이스가 다시 물었다.

"바이스, 셔먼한테 계속 환각제를 먹이고 있었지?"

"예."

"상태가 엉망이겠네?"

"정신은 붕괴되지 않아 제정신인 상태로 계속 괴로운 고통 속에서 헤매고 있으니, 반쯤 망가져도 이상하지 않죠."

"해독제도 가지고 있나?"

"물론입니다."

"그럼 해독제 몇 개랑 환각제도 똑같이 챙겨 줘. 셔먼이 바로 마법을 사용할 수 있는 상태로 만들라는 거지."

"알겠습니다."

묻지도, 따지지도 않고 바이스는 철저하게 내 지시를 따르겠다는 의지를 보였다.

"그리고 너희를 부른 이유는……."

나는 알프릭, 트레샤, 루트, 임펠을 보며 말했다.

"마법을 사용할 수 있는 상태가 된 셔먼을 감시해야 해. 놈이 포털을 열면 나와 가렌트는 본교로 가게 되니 공석이 잖아?"

"그렇죠."

셔먼이 계속 마법을 사용할 수 있는 상태가 되어야 한다.

본교로 간 나와 가렌트는 그가 만든 포털을 통해서 자유롭게 왕래해야 한다.

즉, 우리가 본교로 간 시점에 다시 마법을 사용할 수 없는 상태가 된다면 우린 포털을 이용해 다시 밑의 세계로 탈출할 수 없으니까.

오늘 우리가 본교로 가는 것은 사일러드와 결판을 지으러 가는 게 아니다.

내 스승님이 나에게 무언가를 전하고자 하는 마음이 있는 게 분명하니 그것을 확인하러 가는 것뿐이다.

결전이 아니기에, 탈출 방법을 미리 생각해 놔야 했다.

이번엔 임펠이 걱정스럽게 말했다.

"그런데 정확히 작전이 어떻게 되는 겁니까?"

"일단, 셔먼이 마법을 사용할 수 있게 만들면 내가 그놈 머리를 괴롭혀서 포털을 열게 만들 거야. 그걸 통해서 나와 가렌트는 본교로 간다. 그리고 다시 환각제를 먹여. 포털을 계속 열게 할 순 없잖아. 사일러드가 만에 하나 빈집을 노릴 수도 있으니까."

셔먼을 잡으러 가기 위해 검사 학교로 갔을 때 셔먼이 만든 포털에서 라이칸이 튀어나온 적이 있었다.

따라서 그 경로까지 차단해야만 했다.

"그 뒤로는요? 머리를 괴롭힌다는 뜻은 링킹을 사용한다는 뜻이 아니십니까? 그런데 아르키스 님이 밑의 세계……. 정확히 말하면 셔먼 앞에 계시지 않으면…… 저희가 원하는 대로 셔먼에게 포털을 열게 할 수 없잖아요."

"그래서 너희가 필요한 거야. 루트, 예전 일 기억나나?"

"예전 일이 하도 많아서 정확히 어떤 일을 말씀하시는 건지……."

"내가 에드 분교 6클래스에 있을 때, 내게 A급 관리권을 주기 위해 모브에다가 빨간 물약 뿌렸었잖아."

밑의 세계를 내 마음대로 자유롭게 왔다 갔다 하고 싶다는 말을 했을 때, 곧장 나를 위해 준비해 줬던 것들이다.

그때는 여전히 루트가 위장한 상태라 포머란 이름을 쓰던 시절이었다.

"아, 네. 그랬죠."

루트는 바로 답했다.

"그런 형식의 모브 두 개를 새로 준비해 줄 수 있어?"

"그거야 어렵지 않습니다. 가문에 많아요. 잠깐 가서 가지고 오면 됩니다."

"그럼…… 바이스 너는 그 두 개의 모브에 뿌릴 물약도 준비해 줘야겠는데."

"혹시, 그 물약이라고 하시면……?"

바이스도 여기까지 말하니, 어느 정도 눈치챈 것 같았다.

"맞아. 차암처럼, 내가 멀리 떨어졌어도 같은 물체를 들고 있다면 그것을 통해 내가 원격으로 마법을 구현할 수 있도록 하는 물약."

바이스는 일시적으로 더블 캐스터로 만드는 물약까지 제조 가능한 녀석이다.

심지어 그의 에밋 가문이 공격받은 이유도.

타일런트에게 절실했던 물약의 레시피를 얻기 위해서였으니까.

그런 녀석이 서로 같은 물약을 바른 물체를 들고 있을 때 위의 세계에 있는 내가 밑의 세계로 마법을 구현할 수 있게 하는 물약의 제조법을 모를까.

전적으로 바이스의 능력을 잘 알고 있기에 어느 정도의 확신을 가지고 물을 수 있었다.

"아주 오래간만에 만들어 보는 형태의 물약이 되겠군요."

적어도 할 수 없는 건 아니다.

"얼마나 걸리지, 제조까지?"

"1시간이면 됩니다. 재료야 차고 넘치니까요."

"좋아, 루트."

"네, 아르키스 님."

"네가 가지고 올 모브는 화면도 공유가 되어야 해."

난 이제 위의 세계에서 마법을 구현할 것이니, 마법의 대상인 셔먼이 잘 보여야 했기 때문이다.

"걱정 마십시오."

루트는 당찬 목소리로 답했다.

"정해졌군. 내가 위에서 확인을 끝마치면. 그 모브를 통해 너희에게 알려 줄게. 그럼 바로 셔먼을 보여 주면 돼."

"그럼 그 즉시, 아르키스 님은 모브를 이용한 원격 마법으로 셔먼에게 다시 링킹을 연결하고 포털을 열게 한 다음, 빠져나오시겠다는 말씀이죠?"

알프릭이 정확히 정리했다.

난 손가락을 딱 치며, 그에게 답했다.

"정답."

"꽤…… 살 떨리는 작전이군요."

"사일러드와 결판을 짓기 전에 무조건 확인하고 싶어. 스승님이 그간 아무런 소식도 없다가 갑자기 나타나신 게 의아하거든."

"충분히 이해합니다."

"그럼 1시간 뒤에 바로 셔먼을 끌고 웨이 포인트인 숲으로 가면 되는 건가, 바이스?"

작전은 전부 정해졌다.

이제 행할 차례만 남았다.

"그렇습니다. 먼저 일어나도 되겠습니까? 시기를 조금이라도 앞당기기 위해선 지금부터 바로 만들어도 괜찮을 것 같거든요."

"그래."

바이스가 먼저 의회를 떠나가고.

우리도 차례대로 일어났다.

"바이스의 연락이 오면 그때 바로 시작한다."

"넵!"

"그리고 가렌트."

의회를 나서기 직전.

문 앞에서 난 가렌트에게 주먹을 내밀었다.

"잘 부탁해, 내 뒤를."

"훗."

가렌트는 내 주먹을 가볍게 자신의 주먹으로 치곤…….

"그럼 넌 내 앞을 잘 부탁한다."

꽤 기분 좋은 답변을 남겼다.

그렇게 의회를 나와 작전 시작 전, 차분한 마음을 유지하기 위해 휴식 시간을 즐기던 중.

-제조 끝났습니다.

바이스가 모브를 통해서 내게 알렸다.

난 바로 답했다.

-가렌트 데리고 도시 밖 숲 웨이 포인트로 가 있어. 셔먼은 내가 데리고 가마.

-네, 알겠습니다.

그렇게 스승님을 만나러 가기 위한 조금은 위험한 여정의 막이 올라간 순간이다.

난 곧바로 셔먼이 감금되어 있는 집의 문을 열어젖혔다.

벌컥!

"……끄흐흐윽."

안에선 페인으로 변한 셔먼이 나를 쳐다봤다.

내 속박 마법에 걸려 몸도 제대로 못 가누는 상황에 지속적인 환각제까지 투여하고 있었으니, 그야말로 몰골이 말이 아니다.

300년 넘게 꼭대기 철문에 갇혔던 사일러드보다 더욱 상태가 좋지 않았다.

그렇다고 동정의 마음은 하나도 들지 않았다.

오히려 저놈이 저렇게 괴로워하니, 조금 잔인하게 보이겠지만 흐뭇했다.

저놈이 겪는 건 300년 넘게 드라코 가문의 손에 숨통이 끊어진 학생들이 받은 고통에 비하면 아무것도 아니니까.

난 그에게 걸어 놓은 속박 마법을 벽에서 떼어 내고, 공중으로 들어 올렸다.

"그냥…… 죽이라고…….."

셔먼이 날 볼 때마다 기계적으로 내뱉는 말이다.

"싫다니까?"

"날 데리고 어딜 가려고 하는 거지…….."

"이제 시작이야. 네놈에게 죽음보다 더 끔찍한 형벌을 내리는 것."

"온갖 선량한 척은 다 하더니…… 너도 결국 똑같은 놈이야."

"마음대로 생각하시고."

어차피 나한테 별로 타격이 오는 말도 아니다.

날 어떻게 생각하건 상관없다.

내가 계획한 것을 이룰 수만 있으면 셔먼은 얼마든지 이용할 수 있으니까.

그렇게 마법으로 들어 올린 셔먼을 이끌고 난 도시 밖 숲으로 향했다.

본교와 분교 둘 다 건재했을 때.

웨이 포인트로 사용했던 그 공터.

공터엔 약속한 인원인 바이스, 알프릭, 트레샤, 루트, 임펠 그리고 나와 함께 본교로 갈 예정인 가렌트까지.

여섯 명이 전부 빠짐없이 모여 있는 상태다.

"일단 루트, 모브는?"

루트는 바로 모브 두 개를 건넸다.

"하난 내가 가지고 가고 나머지 하난 너희가 가지고. 바이스!"

바이스는 즉각 준비해 둔 물약을 뿌리며 말했다.

"이 물약이 효과를 나타내려면 아르키스 님의 마법을 모브를 향해 사용해야 합니다. 두 개 전부 다요."

"어렵지 않군."

작은 바늘 모양의 플레우드 마법을 모브 두 개에 꽂았다.

"이렇게 하면 돼?"

"네, 시험해 보세요."

"어떻게 시험하면 되는데?"

"모브 하나에 마법을 사용하시면, 다른 모브가 그대로 복제할 겁니다."

"브릴리언스 원리랑 똑같구나."

본교 2층에서 영롱의 나무에 연결했던 내 마법 브릴리언스, 그것과 크게 다르지 않아 보였다.

"완벽히 같진 않아요. 브릴리언스의 상위 호환인데 또 링킹보다는 못한…… 그런 애매한 위치에 있는 물약이죠."

"브릴리언스보다 상위 호환이란 뜻은?"

"브릴리언스는 같은 원소사, 그리고 연결된 마법사가 같은 서클일 때 비로소 시너지가 나지 않습니까? 그런데 이건 말 그대로 복제이기 때문에 서클에 구애받지 않는 거죠. 한쪽은 투영체가 되는 겁니다."

이렇게 보면 또 브릴리언스보단 바이스의 물약이 훨씬 좋은 것 같았다.

하지만 물약의 한계는 늘 명확했으니.

바로 지속 시간이 정해져 있으며, 물약이 없다면 자신이 원할 때 그 마법을 사용할 수 없다는 것이었다.

"해 보세요."

난 모브 하나를 이용해 빛 원소 파동 마법을 구현했다.

번쩍!

그러자 다른 모브도 똑같이 마법을 복제하고, 하늘을 향해 빛의 파동을 발사했다.

"제대로 적용됐네요."

이 정도면 충분하다.

"바이스, 이제 해독제 먹여."

지체할 이유가 어디 있을까.

준비는 전부 착실하게 끝마쳤으니, 바로 본교로 향할 차례다.

바이스는 준비해 둔 해독제의 뚜껑을 따고, 억지로 셔먼의 목구멍으로 들이부었다.

"커헉! 컥!"

아무래도 강제로 먹이는 것이다 보니 물약 일부는 그의 목울대를 타고 내려오거나, 그대로 땅으로 흘렀다.

"전부 다 안 마시면 효과 없는 거 아냐?"

"설마, 제 물약이 그렇게 느슨할까요?"

바이스는 아랑곳하지 않고 꿋꿋하게 물약을 먹이는 사이.

임펠이 가렌트의 모습을 한참이나 보다가 의아해하며 물었다.

"가렌트 님."

"응, 왜?"

"아니, 검사인 가렌트 님이 왜 검이랑 갑옷도 없는 상태예요?"

평소 달고 살았던 두 가지의 장비가 사라진 맨몸의 가렌트.

적어도 임펠은 그런 가렌트의 모습을 처음 봤기 때문이다.

"아, 그거? 움직이기 영 불편해서."

"……예? 아니, 검사이신 분이 갑옷이랑 검이 불편하다니."

임펠은 당최 이 사람이 무슨 약이라도 먹었나, 왜 갑자기 이상한 헛소리를 하는지 이해할 수 없다는 표정이었다.

"에이머한테 열심히 배운 덕에 내가 여기까진 할 수 있거든."

가렌트가 오른팔에 잔뜩 힘을 주면서 그의 우람한 근육이 팽창하자.

휘이잉.

바람 한 줄기가 불었고, 가렌트의 팔로 모여들었다.

그리고 곧 모여든 바람은 가렌트가 사용했던 검의 형체를 분명하게 띠고 있었다.

가렌트의 바람 원소를 이용해 만든 마검이다.

"이런 것도 가능하세요?"

임펠도 가렌트가 마법의 재능이 있다는 건 알고 있었지만, 어느 정도인지는 직접 눈으로 본 적이 없었다.

지금 처음으로 제 눈으로 직접 확인한 순간이다.

이것은 임펠만이 아니다.

다른 마법사들도 가렌트의 성과를 처음 보는 중이다.

내가 비전력의 수준이 80%까지 올라간 만큼, 가렌트에게도 발전이란 게 찾아왔다.

　바로 자력으로 저 정도는 가능하단 것이다.

　"응. 그런데 역시 에이머에 비하면 한참이나 약해서. 에이머 것을 받는 게 훨씬 좋아. 어차피 나랑 같이 본교로 갈 수 있는 이유도 에이머가 마검을 만들어 준다고 해서거든."

　내가 실제로 약속한 것이다.

　사일러드의 소굴로 우리 둘만 들어가는 것이니 비전력으로 만든 마검을 주겠다고.

　그사이에 셔먼의 목구멍으로 향한 물약병은 전부 비워졌다.

　셔먼은 잔뜩 흔들리는 동공을 하고선, 가렌트를 쳐다보고 있었다.

　'그래, 놀랍지. 잡아먹을 생각만 했던 검사 중에 저렇게 마법을 사용할 수 있는 사람이 있을 거라고는 상상도 못 했을 거니까.'

　하지만 그것도 잠시. 이내 평정심을 찾은 셔먼은 내 눈에 밟히는 행동을 선보였다.

　쩌적-!

　제정신으로 돌아온 그는 곧장 마법을 구현했다.

　드라코 가문이라면 사용하지 않고서는 못 배기는 그 마법.

　검은 송곳이다.

　"하, 나 참…… 여전히 사리분별 못 하네."

내가 너그럽게 반격이라도 해 보라고 환각제를 준 줄 아느냐?

널 이제 우리의 도구로 쓰기 위해 봉인했던 마법을 잠시 풀어 준 것뿐이다.

푹—!

"끄윽!"

셔먼이 검은 송곳을 구현한 그 순간.

난 그의 발등과 허벅지에 플레우드 송곳을 다발로 꽂았다.

"넌 플레우드를 제대로 상대한 적이 없어서 보이지도 않았지?"

"……."

그는 답을 하지 않고 어금니만 깨질 듯이 꽉 물며 이를 갈았다.

"어차피 네 이빨 망가지지, 내 이가 망가지냐."

동물에게나 사용하는 단어인 이빨.

사람의 치아를 이빨이라고 말하지 않는다. 보통 이라고 말하지.

난 노골적으로 그 말을 건넨 것이다.

셔먼, 넌 이제 인격체가 아니다.

그저 우리의 명령에 복종하고 따라야만 하는 한 마리의 가축에 지나지 않는다.

그것을 귀찮게 입으로 설명하지 않고 단어 하나로만 간략하게 한 협박이다.

명색이 한때 대마법사 다음이라 불리는 문지기라고 불린 녀석이라 그런지, 내 의도를 파악하지 못하거나 하는 멍청한 모습을 보이진 않았다.

"내 마법이 연결된 상태니까 신세계를 경험하게 될 거야."

난 곧장 링킹을 연결해, 셔먼의 머릿속을 괴롭혔다.

"끄으으윽! 끄흑!"

"자, 이 고통에서 벗어나고 싶으면 순순히 본교로 가는 포털을 열면 돼."

"크흐윽……!"

그는 고통스러운 신음을 흘리는 와중에도 절대 내 명령대로 움직이지 않겠다는 결사의 뜻을 사수하려는 듯이, 고개를 세차게 저었다.

"그런다고 그게 끝날 것 같아?"

난 더욱 고통스럽게 그의 머릿속을 괴롭혔다.

아마 셔먼이 느끼는 고통은 내가 그의 두개골을 통과하여 뇌를 손으로 쥐어짜는 듯한 고통과 비슷할 거다.

"우욱…… 우웩……!"

셔먼은 얼마 버티지 못하고, 결국 속을 게워 냈다.

문지기란 직책을 지닐 만큼 강했던 마법사라고 할지라도 내가 마음먹고 행하는 링킹에는 당해 낼 수 없다는 뜻이기도 하다.

"얼른 포털을 열라니까?"

이젠 말도 못 하는 셔면.

그러나 여전히 고개만 세차게 저을 뿐이다.

"뭐, 좋아. 해보자는 거지?"

애초에 순순히 열 거란 기대도 하지 않았다.

다 내가 예상한 범주 안에서 행동 중이니, 난 곧장 다음 카드를 꺼냈다.

"내가 단일 원소사한테는 마법으로 진 적이 없어서 말이야. 각오해라. 누가 이기는지 한번 해보자고."

지금까지 한 건 그저 맛보기.

식사로 치면 애피타이저에 지나지 않는다.

이제 메인이다.

꼭대기에 있는 사일러드는 계속 자신의 머릿속을 맴도는 어떠한 기운에 매료되는 중이었다.

정확히 말하면 기운이라고 해야 할지, 아니면 들리지 않는 목소리라고 해야 할지.

어떻게 정의할지 모르는 의문의 기운이다.

그러나 사일러드는 이것을 처음 느껴 본 게 아니다.

바로 이 꼭대기에 철문이란 게 존재했을 때, 그 안에서 탈출을 위해 갖은 상상과 노력을 했던 나날.

그러다가 지금 느끼는 이 의문의 기운을 느끼게 되었고, 그는 그렇게 비전력을 터득했다.

"비전력을 넘어…… 무언가 새롭게 터득할 수 있는 게 있단 뜻이냐?"

이미 이런 현상은 한번 겪은 적이 있는 그이기에, 곧장 확인에 나섰다.

확인하는 방법은 간단하다.

자신이 구현할 수 있는 마법 이것저것을 구현하고, 무엇이 어떻게 바뀌었는지 직접 눈으로 보면 된다.

실제로 과거에 비전력을 자신도 모르는 사이에 터득했을 때, 그는 철문 안에서 어둠 원소 마법을 구현하던 중이었음을 자각했으니까.

그는 곧장 원소 마법을 전부 펼쳤다.

전에는 어둠 원소만 사용할 수 있었지만, 지금은 불과 바람, 소환까지 함께하는 쿼드라 캐스터다.

"흠, 이상하군."

하지만 세 가지 원소를 전부 구현했을 때 평소와 다른 것을 알아차릴 수 없었다.

"그렇다면 비전력이 뭔가 진화된 건가?"

미리 구현한 원소 마법의 마나를 비전력으로 변환했을 때도 마찬가지다.

특별한 변화는 없었다.

"이상하군……. 그럼 남는 게 소환 마법밖에 없는데……."

그렇게 의아하며 라이칸을 소환한 그 순간.

"크큭, 이건 또 뭐야?"

사일러드는 상당히 호기심 어린 목소리를 내었다.

분명히 라이칸을 소환했는데, 그의 눈앞에는 둠 리포졸과 똑같이 생긴 피조물이 나타난 것이다.

"피조물이 아니군? 생명체군? 처음 보는 형태의 소환 마법인데……."

피조물은 완벽한 생명체라고 보기엔 힘들다.

둠 리포졸을 편의상 피조물이라고는 표현하지만, 정확히 말하면 생명은 없기 때문이다.

그저 조물주에 의해 만들어진 것에 지나지 않았기 때문이다.

"흐음……."

게다가 둠 리포졸 모습을 한 의문의 소환체는 온통 검은색으로 도배되어 있었다.

"검정색…… 설마?"

사일러드는 이번에 불 원소를 가진 라이칸을 소환해 봤다.

역시나 라이칸은 보이지 않고, 화염으로 뒤덮인 둠 리포졸과 똑같이 생긴 소환체가 나타났다.

"이거 설마…… 그건가?"

사일러드도 아주 오래전부터 존재했던 마법사.

그렇기에 고대의 마법도 전부는 아니더라도 어느 정도는 알고 있다.

그런 그이기에.

한 가지 의심 가는 게 있었다.

"정황상 그게 맞는 것 같은데. 어떻게 가능하지?"

스스로 갑자기 나타난 변화를 추측할 때, 그의 시선이 멈춘 곳은 피가 이미 굳어 버린 땅이었다.

드라코 가문의 생존 마법사들이 있던 자리다.

"설마…… 저것들을 먹어 치우며 마력이 강력해져서?"

사일러드는 일반 소환사와 다르다.

시대를 장악했던 마법 사회 역사상 최고의 천재였던 마법사인 만큼, 그의 마법은 변이적인 성격이 유독 돋보였다.

바로 소환한 신물과 자신의 신체 부분 일부를 결합할 수 있으며, 그 상태로 마법사의 몸을 먹어 치우면 마법사가 가진 마력 일부를 흡수할 수 있었다.

이것은 어둠 원소 마법의 금기의 마법, 드레인 스펠과는 미묘하게 다르다.

사일러드는 처음부터 더블 캐스터가 아니었다.

바로 이 방법을 터득하고 난 뒤에 더블 캐스터가 된 것이다.

어둠 원소 마법인 드레인 스펠을 사용할 줄도 몰랐던 그가, 기연으로 획기적인 마법을 발견한 것이다.

사일러드가 이 마법을 발견한 당시의 마법 사회 시대상은 드레인 스펠이 존재하는지도 몰랐던 시대였기에, 어찌 보면 사일러드가 최초 발견자라고 할 수 있었다.

그래서 드레인 스펠이 사실 어둠 원소에서 시작된 것이 아닌 소환 마법에서 시작된 것임은, 사일러드만이 알고 있었다.

그리고 그가 사용한 방법은 드레인 스펠과 완벽히 일치하는 건 아니다.

어둠 원소의 드레인 스펠은 대상의 육체는 온전하게 하면서 영혼을 빼내는 방식이지만, 사일러드는 대상을 먹어 치워야만 자신이 흡수할 수 있었으니까.

어둠 원소의 드레인 스펠은 사실상 사일러드가 기연으로 터득한 마법을 원소사 버전으로 발전시킨 형태인 것이다.

그가 베인을 죽이기 전, '소환사가 어떤 존재인지, 신물을 이용해 어디까지 할 수 있는지.'라는 소리를 한 것도 그 때문이다.

"이거 분명히…… 마법 사회에서는 이론상 절대 존재할 수 없는 마법이라고 했지만…… 아니었군. 하여간 멍청한 원소사 놈들. 소환 마법도 모르면서 멋대로 정의하니 진실이 가려지지."

소환사인 사일러드도 몰랐던 새로운 소환 마법이 가진 미지의 경지가 자신의 것이 된 순간이다.

"역시, 소환 마법이 원소 마법보다 위대하다니까. 원소사 놈들이 멋대로 정의한 이론은 전부 틀렸다는 게 입증됐군. 마법 사회를 등진 것은 옳은 선택이었어."

그는 새로운 소환 마법을 더욱 자세히 알기 위해 이것저것 실험하기 시작했다.

"음?"

그런데 또 이상한 기운이 느껴졌다.

이번엔 불쾌한 기운이다.

"왜 아르키스 에이머 그놈 기운이…… 이렇게 갑자기……?"

셔먼의 정신을 완전히 망가뜨린다.

그 생각으로 더욱 그의 정신을 쥐어짰다.

'정신이 망가지면 마법을 사용할 수 없는 게 아니냐?'란 질문이 날아들 수도 있지만.

아니다.

내가 말하는 정신이 망가지는 것은, 셔먼이 스스로 생각이란 걸 못 하게 하기 위함이다.

지금은 나와 셔먼의 줄다리기.

완강하게 버티는 중이다.

그가 포털을 여는 행위는 자신에게 이득이 되는 게 아닌, 내게만 좋은 일을 시키는 것이니 어떻게든 완강하게 저항하는 것이다.

현재 자신이 가진 유일한 대항의 수단이니까.

저게 다 제정신으로 돌아와서 그런 거다.

정신을 피폐하게 만들어, 저런 이상적인 사고를 못 하게 하는 것뿐이다.

"끄아아아악-!"

셔먼은 이제 머리카락을 스스로 쥐어뜯으며 무릎을 꿇고 앉은 채로 바닥을 뒹굴거렸다.

'아직 부족해…….'

하지만 내가 원하는 만큼으로 정신이 망가진 상태가 아니다.

보통 정신이 망가지면 나타나는 증상들이 있는데, 지금 그게 보이질 않는다.

'조금 더 강하게…… 조금만 더…….'

나도 링킹에 강한 힘을 쥐어짜면서, 다른 것도 행했다.

바로 셔먼의 기억을 뒤지는 일.

내가 원하는 셔먼의 기억은.

타일런트가 살아 있었을 적, 그에게 '포털을 어서 열어라.' 와 같은 발언을 한 기억이다.

하지만 역시 오래 살았던 셔먼이었기에 그런 건가.

원하는 기억을 바로 찾긴 힘들었다.

'분명히 있을 거야. 문지기를 지내면서 그런 적이 단 한 번도 없을 리가 없어.'

그 믿음 하나로 셔먼의 기억을 뒤지면서 계속 뇌를 괴롭히던 순간이다.

─그래? 그럼 어서 포털 열어.

'……찾았다!'

정확히 언제인지는 모르지만, 꼭대기에서 타일런트가 셔먼에게 명령을 내린 기억이 분명히 존재했다.

그와 동시에 코끝에서 비릿한 냄새가 스며들었다.

셔먼의 상태를 살피니 바지, 특히 사타구니 부분이 축축하게 젖었다.

이것이 바로 정신이 망가졌을 때 나는 현상 중 하나다.

기본적인 생리 현상도 스스로 조절할 수 없으니, 저렇게 지리는 거다.

셔먼은 딱 내가 원하는 상태가 되었으니 바로 기억해 뒀던 그 부분을 셔먼에게 보여 줬다.

"……보름달이시여."

셔먼의 반응은 바로 나타났다.

정말 그는 눈에 타일런트가 보이는 듯이, 나를 향해 존경 스러운 눈빛을 보냈다.

지금 그의 눈엔 내가 타일런트로 보이는 모양이다.

그래서인지 내가 타일런트가 발언한 '그래? 그럼 어서 포 털 열어.'를 반복적으로 보여 주자…….

"알겠습니다, 보름달이시여……."

그는 아무런 의심도 없이 포털을 열려고 했다.

하지만 조금 더 확실히 하고 싶었다.

"1층 복도가 있는 곳으로 열어라."

난 슬쩍 그런 지시를 내렸다.

현재 셔먼만이 포털을 열 수 있지만, 그가 어디로 향하는 포털을 열지는 모른다.

만에 하나 1층이 아닌 다른 곳에다가 열어 버리면 이 작전 은 아예 시작도 할 수 없게 된다.

어차피 지금 제정신도 아닌 상태고, 나를 타일런트라고 여 겼으니 이 정도 연기는 가능했다.

셔먼은 바로 포털을 열었다.

"1층 복도로 향하는…… 포털입니다……."

내 연기도 완벽하게 먹혔다.

"가자, 가렌트."

"긴장되는군."

그렇게 나와 가렌트가 포털 앞에 서서 발을 들이기 직전.

"바이스, 잘 알고 있지? 우리가 들어가면 바로 환각제 먹여."

당부도 빼놓지 않았다.

바이스가 그새 까먹을 리가 없지만, 그만큼 우리에게 있어 중요한 일이기에 계속 강조하게 되는 것이다.

"알겠습니다."

뒤를 바이스와 제자들에게 맡긴 나와 가렌트는 동시에 포털을 통과했다.

꽃

포털에서 나오자 본교의 복도가 우릴 기다렸다.

나와 가렌트는 반사적으로 나오자마자 천장을 확인했다.

"맞아. 너희 검사 학교랑 똑같은 표시야."

가렌트에게 말했다.

일전에 셔먼을 잡기 위해 검사 학교를 향했을 때, 나도 검사 학교와 본교가 완벽하게 똑같은 표시인 것을 확인하고 조금은 놀랐었다.

"역시 그런가. 하긴, 위의 세계가 고대의 마법사가 만든 곳이라고 했지. 그래서 똑같은 것 같네."

가렌트도 내가 처음 검사 학교의 샹들리에를 봤을 때와 비슷한 반응이었다.

예정대로 본교 1층에 도달한 것은 성공.

그렇다면 바로 다음 단계로 넘어가야 했다.

"따라와, 가렌트."

지하실로 입구로 가면서, 가렌트에게 비전력으로 만든 마검을 하나 건네줬다.

이제 가렌트도 내 마법에는 완벽히 익숙해진 상태라, 굳이 눈에 잘 보이도록 빛 원소로 표면을 덮는 일은 하지 않아도 됐다.

플레우드 비전력의 마검.

이는 상대의 눈에 보이지도 않는다.

남의 눈으로 봤을 땐 우린 맨손인 상태로 향하는 중이다.

"에이머, 두께랑 크기를 조금만 더 늘려 줘."

내 마검에 완벽히 익숙해진 가렌트가 말했다.

평소 연습했던 마검보다 조금은 작았는데, 그것이 크게 불편하게 다가온 듯했다.

난 지하실로 향하면서 곧장 가렌트의 요구를 들어줬다.

"오, 좋아. 이 정도면 충분해!"

"뛰자."

나도 몸 쓰는 것에 익숙해져, 짧은 거리를 이동할 땐 텔레포트보단 오히려 뛰는 게 마음 편했다.

그렇게 우리 둘은 아무도 없는 본교 1층의 복도를 빠른 속도로 뛰어서 지하실 입구에 도착했다.

크르르륵……!

라이칸의 울음소리가 들리고.

동시에 암전이 드리웠다.

화르륵!

휘이잉!

어둠 속에서 피어나는 화염과 회오리처럼 제자리를 감도는 바람.

아무래도 사일러드가 우리가 본교에 온 것을 눈치챈 듯했다.

"그래, 그래…… 생각해 보니까 문지기였던 놈이 지금 에이머한테 잡혔지?"

사일러드는 꼭대기에서 움직이지 않고, 앉은 채로 생각에 잠겼다.

그의 뒤에는 그를 지키듯이, 새롭게 터득한 소환 마법이 서 있었다.

각각 검정, 회색, 빨간색.

그가 다룰 수 있는 세 가지 원소를 각자 가진 소환 마법이다.

그러나 사일러드는 이 마법의 치명적인 단점을 알아냈다.

바로 일반 소환 마법처럼 한 번에 몇백, 몇천씩 소환할 수 있는 게 아닌 오직 하나만 소환이 가능하단 것.

즉, 어둠 원소를 가진 새로운 형태의 소환수를 또 늘릴 수 없단 것이다.

그래서 지금 그의 뒤를 지키는 소환수는 셋이었다.

"이거 고민되는군. 에이머 그놈이 왜 하필 이런 시기에 직접 온 걸까……."

일단 사일러드는 모든 층에 자신의 신물을 펼쳐 놓고, 에이머가 몇 층에 나타났는지 확인했다.

"1층? 1층에 나타났는데 꼭대기에 있는 나한테도 그대로 느껴질 정도라고?"

놀라운 부분이었다.

1층과 꼭대기라면, 이 본교에서 끝과 끝.

떨어진 거리가 상당하다.

그런데 꼭대기에 있음에도 이렇게 노골적으로 그의 기운이 느껴진다는 뜻은…….

"너도 그사이 강해졌단 거냐, 에이머?"

그것밖에 없었다.

하지만 사일러드가 간과하고 있는 것이 있으니, 에이머 말고 가렌트의 기운은 전혀 느끼지 못하는 중이다.

그도 그럴 것이, 가렌트는 마법사라기보단 검사 쪽에 훨씬 가까우며, 그가 현재 손에 쥐고 있는 마검도 에이머의 비전력으로 만든 것이기 때문이다.

그래서일까, 사일러드는 에이머 혼자 본교에 왔을 거라고 생각한 사이.

"……뭐가 하나 더 있는데?"

1층으로 보낸 자신의 신물을 통해 의문의 남자를 확인했다.

"흐음……."

사일러드는 자신의 뒤에 있는 새로운 소환체를 확인했다.

"마음 같아선 내가 바로 가고 싶지만……."

가서 에이머를 끝장낸 다음은?

어차피 자신은 밑의 세계로 향하는 포털을 열 수 없다.

에이머를 완벽하게 잡는다고 해도, 자신은 평생 위의 세계에 고립될 것이며 밑의 세계엔 에이머의 하수인들이 버젓이 남게 된다.

에이머가 사라져도 남겨진 그들.

사일러드가 위의 세계에 고립되게 되면, 그들은 성장할 시간을 갖게 되는 것이고, 제2의 에이머가 또 나와도 전혀 이상하지 않다.

씨앗도 남기지 않고 멸해야 할 존재들. 사일러드에겐 밑의 세계에 있는 마법사들이 그랬다.

따라서 1층으로 가서 에이머와 결판을 짓는 일은 조금은 멍청한 일이라고 할 수 있었다.

게다가 새롭게 발견한 소환 마법.

이것을 에이머한테도 보여 주기 싫었다.

새로운 이 마법은 사일러드에게도 비장의 무기라고 할 수 있다.

지난 두 달의 시간 동안 아무리 자신의 신물을 밑의 세계로 흘려보내도, 에이머는 너무도 간단히 막아 냈기 때문이다.

결판을 짓지도 않을 건데 새롭게 터득한 비장의 무기를 보여 준다?

그것은 곧 에이머에게 이것을 알려 주는 꼴이며, 대응할 시간을 벌게 해 주는 일밖에 되지 않는다.

그리고 결정적으로 이제 막 터득한 마법이기에, 숙련도 필요했다.

자신의 마법이지만 아직 모르는 것이 많기에 무기를 더욱 견고하게 다져야 했다.

"운 좋군, 에이머. 그래도 네가 무엇을 위해 온 것인지는 모르지만, 순순히 네 마음대로 하게 할 마음은 없어."

사일러드는 결정했다.

지금 이 순간 에이머와 대면하는 것은 피한다.

그래서 에이머의 목적을 알아내기 위한 신물들을 전부 1층으로 보냈다.

비전력으로 만든 라이칸, 그리고 자신의 조각들의 모습을 한 생명체들을.

같은 본교에서 일어나는 일이기에 신물을 통한 시야 공유도 가능해 에이머의 상태, 그가 가진 힘 그 전부를 직접 확인할 수 있는 좋은 기회였다.

"자, 한번 보자고."

⁂

일단 어둠을 걷어 내기 위해 빛 원소 보주화를 띄웠을 때다.

하지만 어둠은 걷히지 않았다.

"비전력이군……."

그렇다면 나도 비전력으로 맞선다.

빛 원소 보주화를 비전력으로 바꿨을 때, 드디어 어둠이 걷혔다.

그러자 우리의 앞에 천장에 머리가 닿을 것만 같은 라이칸과 그보다는 키가 작은 헤이, 키에나, 쿠로까지.

복도를 가득 메운 사일러드의 소환체들이 우리 앞에 나타났다.

그나마 다행인 것은 복도가 밑의 세계처럼 탁 트인 개활지가 아닌, 밀폐된 공간이라는 점이다.

저런 라이칸이 세 마리가 있으면 복도가 꽉 차서 움직이기 힘들 정도다.

"에이머, 어떡할까? 이것들 처리할 거야?"

"아니."

우리는 그사이 어차피 지하실 입구에 도달했다.

우리의 목적은 어디까지나 스승님을 만나는 것.

굳이 여기에서부터 힘을 뺄 필요가 전혀 없다.

지하실 입구에는 예전과 달리 입구가 보이지 않게 막아 뒀
던 그 어둠이 사라진 상태였다.

이것은 아마도 타일런트가 죽으면서 자연스럽게 사라진
것으로 보였다.

"가렌트."

"응."

"뛰어!"

내가 소리치며 먼저 지하실 계단으로 내려가기 시작했다.

가렌트도 나를 뒤따라 빠른 속도로 뛰면서 지하실 계단을
달렸다.

슬쩍 뒤를 보니 라이칸을 제외한 키에나, 헤이, 쿠로만이
우리 뒤를 쫓아왔다.

지하실 입구 자체가 라이칸이 통과할 수 없을 만큼 작았기
에 라이칸은 무용지물이 된 순간이었다.

콰앙-!

'그럼 그렇지……'

그런 기대도 잠시.

위에서 폭음이 터져 나왔다.

아마도 이건 라이칸이 지하실로 내려오기 위해 입구를 부순 것으로 보였다.

"가렌트! 신경 쓰지 말고 그냥 달려! 여기에서 힘 뺄 필요 없어!"

"알았어!"

그래도 사일러드의 신물들이 끈질기게 우릴 쫓아오도록 놔둘 필요는 없지 않은가?

난 우리가 지나온 길에다가 비전력으로 만든 마법 하나를 계단과 벽에 전부 펼쳐 놨다.

플레우드로 만든 공격형 차단 마법, 크로스 씰(Cross Seal)이다.

이 마법 앞으로 다가온 순간 눈에서 보이지도 않는 곳에서 송곳 다발이 솟아나며 그대로 몸을 난자한다.

푸부부북—!

부주의하게 우리 뒤를 쫓아오던 사일러드의 신물은 크로스 씰에 난자되며 하나둘씩 소멸해 갔다.

그렇게 우린 계속 달렸다.

이 지하실은 여타 다른 지하실보다도 상당히 깊게 들어가야 끝난다.

역대 교장들의 초상화를 모은 곳.

그것을 바꿔 말하면, 마법사들만의 유물 보관소.

그렇기에 손과 눈에 잘 닿지 않는 깊숙한 곳에 만들었다.

드디어.

초상화를 보관하는 곳 앞에 도착한 순간이다.

"……우와."

가렌트는 도착하자마자 장소를 살피며 감탄했다.

스승님이 남기신 것

지하실의 정식 명칭은 보관소.

역대 교장들의 초상화를 담은 곳이니 역사를 보관한다는
의미다.

그리고 이 보관소로 내려오는 계단엔 아무런 조명이 없다.

그래서 어둠 원소 비전력을 깔아 둔 것처럼, 온통 암흑이
다.

이것도 전부 의도한 것들이다.

아는 사람만.

혹은 자격이 있는 사람만 올 수 있도록.

그리고 계단의 끝에 도달하면, 중간에 포털을 지나쳐 다른
공간에 도착한 것처럼 완전히 분위기가 바뀌게 된다.

온화한 주황빛 조명들이 가득한, 천장이 보이지도 않을 정
도로 높은 곳.

특별한 장식물은 없다.

이곳 보관소에는 그저 벽만 가득하다.

그리고 그 벽에 걸린 초상화들.

초상화의 크기는 너비는 5m가량, 높이는 너비보다도 훨씬
긴 10m가량이다.

틀은 금색의 테두리가 장식되어 이곳 조명과 더욱 어울렸
다.

그런 초상화가 1대부터 시작해 순서대로 아홉 개나 걸려
있는 곳이다.

"······에이머, 저기 마지막은 왜······?"

가렌트가 가리킨 곳을 나도 시선으로 좇았다.

제9대 교장 아르키스 에이머

초상화의 밑에 있는 명패.

내 이름이 고스란히 찍혀 있지만, 정작 초상화는 아무것도
없는 빈 상태다.

정확히 말하면 초상화 틀만 남아 있을 뿐, 내용물인 그림
은 황량하게 텅 비어 있다.

가렌트는 왜 나의 초상화만 없냐는 반응이다.

"타일런트가 없앴을 거야."

분명히 내 초상화도 제작되었지만, 지금은 없는 이유.

타일런트밖에 없을 거다.

나와 관련된 모든 것을 극도로 혐오했고, 이 세상에 존재하도록 놔두고 싶은 마음도 없었던 좀생이 같은 놈.

지하실로 내려가는 입구도 보이지 않게 막아 둔 것만 봐도 아주 잘 알 수 있지 않은가?

"그렇구나…… 그런데 왜 9개가 끝이야? 원래라면 10개까지 있어야 하잖아. 열 번째 교장 드라코 타일런트."

좋은 질문이다.

하지만 없는 이유.

난 누구보다 잘 알고 있었다.

타일런트는 정식적인 절차로 교장이 된 것이 아니니까.

보통 교장이 바뀌면 임명식을 한다.

현 교장은 자리에서 내려오고, 그 후임이 새롭게 교장이 되는 것을 모두에게 공표하는 그런 임명식.

바로 그 임명식 과정 중에는 현 교장과 후임 교장의 초상화를 보관실에 거는 절차도 포함되어 있다.

이를 위해 우선 임명식 전에 후임 교장의 초상화를 제작해 둔다.

그리고 임명식에서 현 교장이 세월의 흐름이 반영된 자신의 초상화와 함께 후임 교장의 초상화를 보관실에 직접 거는 것이다.

나의 스승님은 이미 돌아가신 뒤였지만 유언으로 분명히 내게 대마법사 자리인 교장 자리를 넘겨주셨고, 당시 마법 사회에서도 그 뜻을 거스를 마법사가 하나도 없었기에 정상적으로 진행되었으며 초상화가 정상적으로 걸릴 수 있었다.

하지만 타일런트는 정식 절차를 통해 교장이 된 것이 아니었기에 당연히 초상화 제작을 한 적도 없으며, 심지어 그의 최후는 봉인에서 풀려난 사일러드에 의해 죽지 않았던가.

그렇기에 설사 그가 직접 따로 제작했다고 하더라도 이곳 보관소에 걸릴 수 없었던 것이다.

그래서 그만은 열 번째 초상화는 물론, 명패조차도 없었다.

난 내 옆에 있는 초상화를 바라봤다.

제8대 교장 알라이즈 페트라

거대한 스승님의 초상화 앞에 섰다.

스승님의 생전 마지막 모습인, 주름이 짙은 얼굴에 가슴까지 내려오는 하얀 턱수염.

턱수염만큼이나 긴 스승님의 곱슬거리는 머리카락.

여담이지만, 스승님은 머리카락이 긴데 또 숱이 풍성하진 않았다.

그래서 정수리 부분은 벗겨져 조금은 우스꽝스러운 모습이었고, 그것을 스승님도 싫어하셔서 늘 마법사용 모자를 착용하시곤 했다.

그러나 지금 초상화는 모자를 착용하지 않았다.

난 스승님이 가지셨던 본연의 모습을 전부 그대로 간직하고 싶었으니까.

초상화 제작 당시에 일부러 모자는 뺐다.

"네 기억에서 보던 모습이랑은 조금 다르네."

가렌트가 말했다.

그땐 스승님이 마법사용 모자를 착용하고 계셨으니, 낯선 것도 무리가 아니다.

모자 하나로 사람이 완전히 달라 보이기에 충분했으니까.

"응. 이게 본모습이셔. 사람 되게 좋게 생기셨지?"

"옆집 평민 할아버지 같다."

"그래도 엄한 분이야, 겉보기와 달리."

초상화 속 스승님은 작은 원형 테이블에 한쪽 팔을 걸친 채, 턱을 괴고 눈을 감은 채로 조는 모습이다.

실제로 스승님이 살아 계셨을 때, 저런 모습을 자주 봐서 내가 정한 것이었다.

눈을 완전히 뜬 것보다, 졸고 계신 모습이 더욱 인상적이었으니까.

그리고 원형 테이블엔 두 가지 책이 있다.

평소 스승님이 몸에 꼭 간직하고 계셨던 책이다.

책의 제목은 모르지만, 내가 늘 봐 왔던 것이기에 적당히 비슷하게 그렸을 뿐이다.

초상화 속 스승님은 늘 그렇듯이, 고개를 떨구며 졸고 계셨다.

가렌트는 그런 스승님의 초상화를 살피다가, 의아함에 물었다.

"그림이…… 어떻게 움직여?"

"다 그리고 나서 마법을 입혔으니까."

마법사들에게 중요한 것들은 마법으로 만든 책, 마서(魔書)로 제작한다고 하지 않았던가?

이 초상화도 그렇다.

마법 사회의 역사를 고스란히 간직한 초상화.

그래서 초상화에도 마법을 입힌다.

그저 겉보기엔 그림에 지나지 않는 것처럼 보이지만, 지금 스승님은 고개를 떨구시며 조는 역동적인 움직임을 보이는 중이다.

그림에다가 마법을 입힌 것은 마화(魔畵)라고 부른다.

"신기하네. 움직이는 그림이라……. 검사들한테는 이런 거 없는데."

나는 스승님의 초상화에 손을 대며, 그리운 목소리로 말했다.

"스승님…… 바람대로 만나러는 왔는데…… 이게 정답이 맞는 겁니까……."

사실 확신이 없이 강행한 작전.

'이게 아니면 어떡하나?'란 걱정을 안은 채 시작한 작전이다.

그런데 그 순간.

초상화 안에서 고개를 지속적으로 떨구며 졸고 계시던 스승님이 눈을 휘둥그렇게 뜨시고, 나를 내려다봤다.

"……에이머, 뭐야? 꼭 살아 있는 사람처럼 움직이네? 저 것도 마법을 입힌 그림이라 그래?"

"……아니."

이건 원래 제작 당시에 없던 현상이다.

마화나 마서. 마법을 입힌 사물을 통틀어서 '마작물(魔作物)'이라고 부른다.

마법의 작업을 거쳤단 뜻이다.

그러나 이런 마작물은 둠 리포졸과 상당히 유사한 성격을 가졌는데.

바로 정해진 것만 기계적으로 반복한다는 것.

둠 리포졸도 처음 구현했을 때, 내가 주입한 마나양에 따라 움직인다.

그리고 오직 적으로 인식한 사람에게만 반응하도록 되어 있다.

그런 것과 비슷하다고 볼 수 있다.

마작물은.

역동적으로 움직이긴 하나, 행동이 정해져 있다.

따로 마작 과정에서 주입해 둔 행동이 아니면 절대 하지 않는단 뜻이다.

그런데 난 스승님의 초상화에 이런 행동을 주입한 적이 없다.

이것이 뜻하는 것은 단 하나.

스승님의 초상화를 보러 오는 것이 '만나다'라는 조건에 성립되는 것이 맞다는 것이다.

"설마…… 정말로…… 정답이었던 겁니까……?"

눈을 휘둥그렇게 뜬 스승님은 갑자기 좌우를 살폈다.

그 모습은 꼭, 주위에 누군가가 있는지 없는지를 확인하는 모습처럼 보였다.

이 역시 내가 제작 당시에 주입해 둔 행동이 아니다.

"스승님?"

스승님은 갑자기 테이블에 걸쳤던 팔을 뻗고, 나를 향해 손짓을 보였다.

그 손짓은 마치…….

어서 '이리 와라.', 혹은 '조금 더 가까이 와라.'라고 말하는 것 같았다.

정말 스승님은 초상화 안에서 살아 계신 것인가?

나도 처음 겪은 현상에 정확히 무엇이라고 정의할 수 없었다.

하지만 이미 가까운 상태인데, 더 가까이 오라는 것은 어떤 뜻일까?

난 얼굴을 초상화에 파묻을 것처럼 가까이 다가갔다.

그러자 초상화 속에서 번쩍 빛이 났다.

"으윽!"

갑작스러운 섬광에, 나도 모르게 눈을 감으며 팔을 눈으로 가렸다.

그리고 다시 황급하게 뜬 순간, 내 몸은 다른 곳에 와 있었다.

본교 지하의 보관실이 아니었다.

"……텔레포트?"

스승님이 초상화 속에서 텔레포트를 나를 향해 사용했다고밖에 설명이 되질 않는 현상이다.

"에이머!"

섬광이 터지고.

보관소에는 가렌트 혼자 남았다.

갑자기 사라진 에이머. 가렌트도 어리둥절할 수밖에 없었다.

가렌트는 즉시 알라이즈 페트라의 초상화를 확인했다.

"도대체…… 어떻게 되어 가는 중이야……?"

분명히 눈을 휘둥그렇게 뜨고, 에이머를 향해 손짓하던 초상화 속 알라이즈 페트라는.

언제 그랬냐는 듯이 가렌트가 처음 봤을 때처럼, 테이블에 한쪽 팔을 걸쳐 턱을 괸 상태로 꾸벅꾸벅 졸고 있었다.

하지만 가렌트의 한쪽 손에서 느껴지는 플레우드 비전력의 마검.

마검이 사라지지 않았단 뜻은, 에이머의 상태가 온전하며 가까운 곳에 있다는 뜻이 되기도 했다.

"그냥…… 기다려야 하나……?"

그렇게 곱씹던 순간.

부스럭.

가렌트의 뒤에서 발소리가 들렸다.

황급히 뒤를 도니, 학생 모습을 한 사일러드의 신물 하나가 보관소 안으로 들어왔다.

게다가 그 모습은 헤이.

일전에 가렌트의 부하 하나를 죽인 적이 있는 모습의 신물이다.

헤이의 모습을 한 신물은 가렌트를 보자마자 바로 파이지 컬을 구현했다.

그의 몸이 검은 불길에 휩싸였다.

"그래, 내가 할 일은 이제⋯⋯."

가렌트는 마검을 단단히 들었다.

뭐가 어떻게 되어 가고 있는 것인지 모르지만.

이거 하나만큼은 확실하게 알 수 있었다.

에이머가 다시 나타날 때까지, 시간을 벌어 준다.

이미 이곳으로 내려오면서 에이머가 펼쳐 둔 마법을 피할 방법을 찾았거나 소멸시켰기에 보관소로 속속 사일러드의 신물들이 나타나는 게 아니겠는가?

"다행이야, 검이 온전해서."

가렌트는 두렵지 않았다.

이미 숱하게 싸워 온 상대다.

"에이머, 본교로 함께 오기로 했을 때 약속했지. 내 뒤를 부탁한다고."

가렌트에게 있어서 뒤란, 그의 등 뒤.

가렌트는 마검을 쳐다봤다.

뒤에서 든든하게 이 마검으로 에이머가 지켜 주고 있는 것만 같았다.

실제로 에이머가 멀리 떨어졌다면, 이 마검이 온전하게 남아 있을 리도 없으니까.

"대신 너무 늦지 마라?"

가렌트는 곧장 마검을 치켜세우고, 먼저 침입한 헤이를 향해 돌진했다.

팁!

헤이는 겁도 없이 비전력으로 만들어진 마검을 손으로 잡았다.

파이지컬을 구현한 상태이니, 신체 능력은 대검사 친위대랑 비슷하거나 혹은 조금 더 뛰어난 상태.

적어도 가렌트의 움직임을 눈과 몸으로 따라갈 수 있는 상태란 뜻이다.

"이미 플레우드를 경험한 적이 있어서 눈에 보인다는 거냐?"

하지만 가렌트는 전혀 당황하지 않았다.

오히려 입가에 미소가 띄워졌다.

"그런데 말이야, 학생. 지금 이 플레우드는 네가 경험했던 것과 다를 텐데?"

가렌트는 마검을 빙그르 돌리며 위로 올려 쳤다.

투확-!

그러자 헤이의 한쪽 팔이 그대로 터져 나가며 소멸했다.

맨손으로 마검을 잡은 쪽의 팔이었다.

"내 친구가 든든하게 들어 준 보험이라서 말이야. 이건 예상 못 했지?"

"호오, 저놈은 누군데…… 플레우드를 가지고 있는 거지?"

그 순간.

꼭대기에 있는 사일러드는 그제야 가렌트의 존재를 확실하게 확인했다.

"인상착의를 보면 검사인데……."

하지만 목소리는 기억에 어렴풋이 남아 있는 녀석이었다.

아주 오래전에 저런 목소리를 들은 적이 있었다.

"……설마 너, 대검사냐? 에이머가 죽었을 당시의?"

타일런트가 에이머를 죽이고.

봉인석을 통해 당시 대검사에게 분명히 이렇게 말했다.

"정권 교체다. 신임 대마법사 드라코 타일런트라고 한다."

그리고 들려왔던 목소리.

"당당하군. 네가 한 짓이 전부 나한테도 들렸는데 말이야."

그에 타일런트는 오히려 더욱 뻔뻔하게 답했다.

"들린 것뿐이지, 보인 건 아니잖나? 어차피 너희랑 상관도 없는 일."

"자리에 어울리지 않는 놈이 자리를 차지해 버렸군."

그게 당시 대화의 일부다.

그래서 사일러드는 분명히 기억했다.

"그런데…… 놈이 어떻게 플레우드를? 그것도 비전력으로 만들어진 건데……."

상대가 누군지 알고 나서, 사일러드는 호기심이 증폭되었다.

"설마, 에이머 그놈이 단기간에 강해진 이유가……?"

그리고 그것을 확실히 알아낼 차례다.

"호오, 비전력으로 만든 검을 다루는 검사라……. 꽤 흥미롭군. 이게…… 마법과 검술의 결합물인가."

이미 보관소에 침입한 헤이를 통해 상황을 전부 보고 있는 사일러드다.

게다가 헤이는 이미 한쪽 팔을 잃었다.

마법적으로는 헤이가 훨씬 우위에 있을 것이 분명한데 고작 검술 일격에 팔이 나가떨어지다니.

그리고 마검을 자유자재로 다루는 가렌트를 보고 사일러드는 확신할 수 있었다.

"검술이란 게 검사들뿐만 아니라 마법사들도 강해질 수 있는 것이군?"

그것이 아니면 단기간에 에이머가 강해진 이유를 설명할 수 없었다.

아르키스 에이머.

녀석도 대마법사를 지냈던 녀석이고, 플레우드이며 비전력 사용자다.

마법적으로만 봤을 땐 스승인 알라이즈 페트라보다도 훨씬 뛰어난 녀석이다.

그것을 바꿔 말하면 놈이 더 강해질 수 있는 경지는 없다.

더욱 강해지려면 마법 외의 다른 것이 필요하단 뜻인데, 가렌트를 보고 확신할 수 있었던 것이다.

"그렇다면 나도 검술을 익히면 된다는 뜻이 아닌가?"

사일러드는 또다시 새로운 발견을 한 기분이다.

하나, 문제가 있었으니.

그는 에이머처럼 옆에서 누가 검술을 알려 줄 수 있는 사람이 없다는 것.

그러나 타개법도 가지고 있는 사일러드다.

"큭큭, 대검사. 너도 내 양분이 되어라."

바로 가렌트가 가진 힘 일부를 흡수하면 그만이 아니던가?

사일러드는 즉시 한쪽 팔을 잃은 헤이에게 새로운 팔을 만들어 주었다.

멀리 떨어져 있어도, 어차피 같은 장소인 본교.

따라서 자신의 소환체를 향한 마법을 마음껏 구현할 수 있었다.

"내가 너보다 낫다니까. 아르키스 에이머."

※

부글부글-!

"……."

가렌트는 경계를 늦추지 않은 채 일정한 거리를 벌렸다.

이미 한쪽 팔을 잃은 헤이인데, 그 빈 부분이 흉측하게 부글부글 끓기 시작하더니 새로운 팔이 나타났다.

"……상당히 위험해 보이는데."

바로 늑대의 머리가 잃어버린 헤이의 한쪽 팔을 대신했다.

아직 원소 마법도 잘 모르는 가렌트.

소환 마법은 아예 모른다.

원소 마법이야 에이머가 있으니 궁금한 것을 물으면 즉각 답해 줄 수 있었지만, 소환 마법은 얘기가 다르다.

아무리 대마법사였다고 한들 에이머조차도 소환 마법은 다룰 수 없기에 알려 줄 수 있는 게 아무것도 없었다.

그렇기에 헤이가 보이는 행동 하나하나 전부 경계하고, 조심히 다가가야 했다.

늑대의 손을 가진 헤이는 더욱 과감하게 가렌트를 향해 다가왔다.

가렌트는 그런 헤이를 떼어 내기 위해 일단 다리를 절단시켰다.

털썩!

다리를 잃고 바닥에 쓰러진 헤이.

하지만 그의 신체는 다시 재생되었다.

부글부글-!

이번엔 늑대의 다리를 한, 흉측한 생명체가 되었다.

헤이는 멈추는 법 없이 계속 가렌트에게 돌진했고.

가렌트의 마검을 인간의 팔로 잡은 다음, 집요하게 늑대의 머리가 달린 팔로 가렌트의 몸을 향해 공격했다.

'왜?'

그 부분에서 가렌트는 이상한 걸 느꼈다.

이미 맨손으로 검을 잡았다가 팔을 잃었는데 어째서 자꾸 맨손으로 검을 잡고, 공격은 늑대의 머리가 달린 팔로만 하려는 것인가?

'마치…… 늑대의 머리로 공격하지 않으면 안 되는 것 같잖아?'

가렌트는 대검사.

따라서 행동을 분석하는 눈이 뛰어나다.

에이머가 처음 보는 마법을 보고도 대충 어떤 효과를 가졌을지 분석하는 게 뛰어나다면 가렌트는 도리어 사람의 움직임을 분석하는 것엔 발군인 셈이다.

오직 자신이 가진 몸을 사용하는 검사에겐 특별한 재능이라고 할 순 없다.

그런 눈이 있지 않고서야 애당초 검사가 될 순 없으니까.

그리고 행동이란 것에는 이유란 게 분명히 있다.

이유가 없는 행동은 없다.

가령, 검술 자세만 봐도 그렇다.

왜 찌르기를 할 때 상체를 낮추고, 발의 보폭을 다른 자세보다 조금 더 넓게 벌리는가?

순식간에 약진하여 상대의 품에 파고들기 쉽게 하기 위함이다.

그런 식으로 모든 행동엔 이유가 있으니, 가렌트가 금방 알아차리는 것도 어렵지 않았다.

'그래도 확실하게 한다. 다시 시험해 본다.'

가렌트는 헤이를 발로 밀쳐 내고, 이번엔 직접 헤이를 향해 돌진했다.

그리고 마검을 헤이를 향해 내리찍었을 때.

텁!

헤이는 또 맨손으로 잡았다.

'이 정도면 확실해. 꼭 늑대의 머리가 달린 팔로만 공격해야 하는 게 있나 봐. 무슨 이유인지는 모르겠지만.'

상식적으로.

검을 막기 위해선 사람의 맨손보다, 늑대의 머리가 훨씬 효율적이다.

왜?

늑대의 머리엔 날카로운 이빨이 달려 있으니, 그 이빨로 검을 막는 게 훨씬 더 다치지 않고 적은 힘으로 막을 수 있으니까.

그런데 그런 기본적인 공식을 전부 무시하는, 무식한 행동이었다.

'늑대의 머리만 조심하면 된다. 이거지?'

헤이는 다시 늑대의 머리로 가렌트를 공격하려고 했다.

하지만 행동이 더 빠른 쪽은 가렌트.

그래도 그는 칼날을 비스듬히 바꾸면서, 헤이의 목을 벴다.

그 순간, 헤이는 형체도 없이 사라졌다.

쿵! 쿵!

헤이 하나를 처리하자.

이젠 헤이가 증식이라도 하는 것처럼, 속속 보관소를 향해 사일러드의 신물들이 나타났다.

전부 학생의 모습을 한 신물들이다.

가렌트는 에이머가 돌아올 때까지 시간을 벌어 줘야 하니 침입한 신물들을 하나하나 베어 나갈 때.

가렌트에게 베인 신물들은 특히 팔이 떨어져 나갔을 때, 방금 상대했던 헤이와 똑같이 늑대의 머리가 달린 팔이 생겨났다.

'너무 노골적이야.'

가렌트는 최대한 늑대의 머리를 경계하며 그렇게 묵묵히 버텨 주기 시작했다.

언제 에이머가 돌아올지 모르지만 가렌트에겐 그다지 가혹한 과정이 아니었다.

이미 검사들의 훈련엔 한계를 계속 돌파하는 과정이 있지 않은가?

그 훈련의 결실들이 유감없이 발휘되는 순간이었다.

✿

스승님에게 섬광을 맞고, 다른 곳으로 왔다고 생각되는 순간.

사실 이 공간이 정말 '장소'가 맞는 건지도 의문이었다.

이유는 온통 칠흑의 어둠이고, 아무것도 보이지 않았기 때문이다.

"스승님……? 여긴 어디입니까……?"

텔레포트는 분명히 맞다.

대마법사인 내가 반응도 하기 전에 몸이 다른 곳으로 와 버렸으니까.

그것이 가능한 사람은 나의 스승님밖에 없다는 것을 난 확실히 할 수 있었으니까.

난 칠흑의 어둠 속으로 천천히 걸었다.

도대체 스승님은 어디에 계신 걸까?

정말로 초상화 속에서 살아 계셨던 걸까?

주위를 살피면서 계속 천천히 걸었다.

그러나 아무리 걸어도 스승님의 모습은 보이지 않았다.

"어디 계세요, 스승님?"

허공을 향해 질문을 던진 순간.

배경이 변했다.

정확히 말하면, 내 시점이 바뀌었다고 하는 것이 옳았다.

칠흑의 어둠은 사라지고, 내 시선에 테이블에 펼쳐진, 아무것도 적혀 있지 않은 책이 나타났다.

난 현재 누군가의 시선을 공유하는 것처럼 사물만이 눈에 들어왔다.

'설마 이거…… 링킹……?'

링킹과 너무 비슷한 순간이다.

그리고 펜을 든 손이 눈에 들어온 순간 확실히 알았다.

'스승님의 손이다.'

손에 있는 반지를 보고 알았다.

그 반지는 가진 차암 중 하나였으니까.

그리고 스승님의 손은 내가 알던 손과 달리 주름이 훨씬 적었다.

즉, 내가 마지막으로 본 모습보다 조금은 더 젊은 상태란 뜻이었다.

지금 나는 스승님에게 링킹을 당하는 중이다.

'그런데…… 언제 이걸 남기신 거지? 돌아가시고 나서인가?'

난 이제 이 링킹을 남긴 시점이 궁금했다.

스승님은 내게 무언가를 보여 주고 싶어서, 나를 별도의 공간으로 텔레포트시켰고.

곧장 링킹을 연결했다고 해석할 수 있었다.

스승님은 백지 상단 부분에 글을 쓰기 시작했다.

이 일기장이 세상에 나오지 않는 것. 그것만이 나의 바람이다.

'일기장……?'

그러고 보니 스승님은 평소에 늘 무언가를 쓰고 계셨는데, 내가 물었을 때 답해 주시지 않았다.

난 그저 그게 책이겠거니 생각했지만 정작 일기였다.

그러나 필연적으로 세상에 나오게 된다면. 난 누구에게 이 일기장을 보여 줘야 하는 걸까.

나머지 문장을 쓰신 뒤, 스승님은 손짓을 잠시 멈췄다.
무언가 고민을 하는 것같이 손가락을 까딱거리셨다.

-흐음……

이번엔 글자 대신, 스승님의 목소리가 들렸다.
저 부분을 쓰실 당시.
얼마나 고민하셨는지 그대로 느껴지는 한숨이다.

-믿을 수 있는 사람에게만 보여 줘야 하는 나의 일기장.
아무래도 내가 가장 믿을 수 있는 사람은…… 에이머, 너일
것 같구나. 너만이 희망인 것 같아.

"……"
그 순간 머리가 멍해졌다.
분명 내가 알던 것보다 주름이 적은, 젊은 손을 하고 가진
스승님인데.
내 이름을 이미 알고 계신다?
'도대체 언제지……?'
그 순간, 낯간지러운 목소리가 들려왔다.

-뭘 그렇게 쓰고 계세요?

내 목소리다.

일기장만 바라보던 시선은 이제 옮겨졌다.

그 시선에 있는 것은…… 다름 아닌 학생 시절의 나였다.

–아무것도 아니란다. 네가 지금 알 필요가 없는 것이지.

–음, 지금이란 뜻은 그럼…… 나중엔 알아도 된다는 건가요?

저 대화, 분명히 기억난다.

이때는 분명…… 내가 스승님의 제자가 막 되었을 때다.

그런데 제자가 된 지 얼마 되지도 않았는데 세상에 나오면 안 되는 일기장이라고 하셨으면서…….

왜 그것을 보는 사람이 나일 것 같다는 말씀을 하신 걸까?

시간만 따져 봐도 지금으로부터 500년은 훌쩍 넘는 시간이다.

그리고 저 당시는 내가 스승님의 제자가 된 지 1년도 채 안 된 시점이었다.

스승님은 링킹 속 내게 답했다.

–아니, 난 아예 모르길 바란다.

–뭡니까? 그러면서 왜 의미심장한 말씀을 하시는 건데요?

—스승이 제자 좀 골리는 게 그리 불만이더냐?

—하여간 지독하시다니까. 알았어요, 방해 안 할게요. 혼
자만의 시간이 필요하신 거잖아요?

스승님은 혼자 계신 걸 좋아하셨다.

난 그저 고독함을 즐기는 마법사라고 생각했는데…….

실상은 저 일기를 쓰기 위함이었다니.

링킹 속 학생의 나는 그 말을 남기고 자리를 비켜 주었다.

스승님은 안심하며 일기장을 채워 나갔다.

에이머. 이 링킹은 내가 죽기 직전에 남긴 것. 네가 이해
가 쉽도록 나의 시간의 흐름에 따라 정리한 것이다. 즉, 이
일기를 처음 쓰기 시작했던 건 네가 나의 제자가 막 되었을
때지.

그러자 이번엔 주름이 없던 스승님의 손이, 인위적인 노화
가 찾아온 것처럼 주름이 짙어졌다.

내가 마지막으로 봤던, 스승님의 손이다.

나와의 대화를 일부러 보여 주신 이유도 그저 일기의 시작
이 언제인지, 그리고 이제 앞으로 일어날 일들을 내게 알려
주기 위해서인 듯 보였다.

어차피 에이머, 난 이제 너 말고 다른 제자를 새로 받을 생각
이 없단다. 넌 너무 완벽한 녀석이야. 예전엔 너처럼 완벽한 녀
석을 찾기 위해 여러 제자를 들이고 지도에 힘썼지만…… 지금
은 아니란다. 갖은 실패 끝에 드디어 너를 만났구나.

"……스승님."
내가 스승님의 밑에서 마법을 배울 땐 그런 말씀 한 번도
없으셨으면서.
이젠 내가 완벽하다니.
괜히 울컥했다.
그런데 동시에 의문점도 들었다.
저 문장만 보면 나 말고 다른 제자가 많았단 뜻이 되는데.
난 그런 걸 들어 본 적도 없다.
솔직히 궁금하지도 않은 게 가장 컸다.
게다가 내가 제자가 된 지 1년도 안 된 시점인데 벌써부터
나를 마지막으로 점지하셨다니.
난 이제 일기에 더욱 집중했다.

따라서 이 일기는 단순 일기가 아닌, 너를 향한 내 유언이라
고 할 수 있겠구나.

멀쩡히 살아 계셨고, 심지어 나와 마지막을 함께한 순간보

다 훨씬 젊은데 벌써부터 예언이라니.

　스승님은 이미 자신이 죽을 것을 알고 쓰신 것으로 보였다.

　　그러기 위해선…… 네게 꼭 알려 줄 나의 과거사가 있지. 이제 그것을 보여 주마. 그것이 내가 완벽한 제자를 찾으려고 했던 이유였으니까.

　스승님은 그 부분에서 펜을 놓고, 일기장을 향해 마법을 구현하셨다.
　링킹이었다.
　그러자 내 정신이 다시 일기장 속으로 빨려 들어가는 느낌이 들었고, 배경도 새롭게 바뀌었다.

모든 것이 시작된 과거

−절 제자로 받아 주세요!

바뀐 배경은 평범한 집으로 보이는 곳이다.

그런데 스승님의 시선엔 꼬마 한 명이 명랑하고 당돌한 목소리로 말했다.

'제자? 스승님의 제자가 되고 싶은 누군가인가?'

또 이 시점은 언제일까.

−흐음. 왜? 왜 내 제자가 되고 싶은 거지? 나보다 훨씬 뛰어난 마법사가 많잖아?

그런데 들리는 목소리는 내가 아는 목소리가 아니다.

상당히 젊은 사람의 목소리였다.

분명히 이것은 링킹이기에, 스승님의 기억 중 하나를 내게 보여 주는 중이다.

'설마 스승님이 젊었을 때?'

링킹은 계속 이어졌다.

—대마법사 후보시잖아요!

꼬마가 당돌하게 답했다.

내 예상대로 스승님이 젊었을 적이 맞았다.

그리고 꼬마의 말로 유추하자면…… 스승님이 아직 대마법사가 아닌 시절.

다른 대마법사가 있고, 스승님은 그저 후보에 지나지 않았을 때란 뜻이었다.

—그 후보 중에 내가 가장 약한데 왜?

스승님은 무덤덤하게 답했다.

스승님보다 강한 후보들이라…… 나도 문득 궁금해졌다.

하지만 꼬마는 고개를 세차게 저었다.

-아니에요! 내 눈엔 페트라 님이 훨씬 더 강해요!

-하하, 왜? 내가 플레우드라서? 아무리 플레우드면 뭐 하니? 난 6서클밖에 되지 않는단다. 다른 후보들은 단일 원소 사라고 하더라도 9서클들이지. 그쪽이 훨씬 더 좋지 않아?

스승님은 당돌한 꼬마가 마음에 드셨는지 미소를 머금으며 물었다.

그런데 6서클에 플레우드.

나에게 너무 익숙한 것들이었다.

'설마, 스승님. 지금의 바이스가 당시 스승님의 위치와 비슷했던 건가?'

스승님은 처음부터 압도적인 마법을 선보였던 분이 아니란 뜻이 된다.

플레우드지만, 서클이 낮아 입지가 좁았던 마법사.

그게 대마법사가 되기 전의 스승님인 것으로 보였다.

-아니라고요! 내 눈은 정확해요! 분명히 페트라 님이 대마법사가 될 거라고요!

-기분은 좋다만, 왜 그렇게 확신하는 거니, 꼬마야?

-그냥 제 눈엔 그렇게 보이니까요!

꼬마는 한순간도 당돌함을 잃지 않고 하이 톤의 목소리로 답했다.

　-하하, 꽤 재밌는 녀석이구나. 원소사니, 소환사니?
　-아직 그런 거 모르는데요?
　-……응? 네가 어떤 마법을 다루는지도 모르는데 나에게
마법을 알려 달라고?
　-네! 어차피 대마법사가 되면 마법 학교의 교장이 되잖아
요? 교장이 되면 학생들을 지도해야 하고요! 미리 저한테 예
습하시란 뜻이죠!

　스승님은 그렇게 한동안 말없이 꼬마를 바라보기만 했다.

　-푸하하! 그래, 삭막한 마법 사회에서 너 같은 당돌한 꼬
마도 다 보고. 재미있구나, 그래, 그럼 속는 셈 치고 너를 제
자로 받아 볼까?

　정말 진심으로 내뱉으신 웃음.
　이 꼬마의 재능을 알아본 게 아니라, 그저 옆에서 저런 긍
정적인 에너지를 주는 제자가 하나 필요해서 받는 걸로 느껴
졌다.

　-그래, 꼬마야. 너의 이름은 무엇이니? 제자인데 이름도

몰라서야 쓰나?

 −아스트랄이요! 성은 없어요! 평민이거든요!

"……."

난 그 순간 몸에 소름이 끼쳤다.

아스트랄.

에드 분교 1클래스에 있던 당시, 갑자기 휴강을 하면서 밑의 세계로 갔을 때.

델세르가 은거하는 동굴에 들렀을 때, 그 책장에 꽂혀 있던 소환서.

그 저자가 아스트랄이었는데, 그 주인공을 스승님의 링킹을 통해서 확인한 순간이다.

'설마, 아스트랄이 스승님의 첫 제자……?'

그렇게 링킹의 기억은 빨리 감기를 하는 것처럼 상당 부분을 건너뛰었다.

이제 배경이 변했다.

고풍스러운 카펫, 책상과 의자들도 전부 고목의 고풍스러운 분위기를 풍기는 곳이었다.

스승님은 흔들의자에 앉아서 쉬시는 것처럼, 시선이 자꾸 위아래로 흔들거렸다.

그때, 검은 머리를 가진 청년이 스승님의 시선으로 들어왔다.

-제가 뭐라고 그랬어요? 스승님이 대마법사가 될 거라고
했죠.
　-다 네 덕분이지. 너랑 함께 있으면서 내 마법도 발전되
었으니까.

　아스트랄이란 꼬마가 청년으로 성장할 정도로 시간이 꽤
지난 뒤였다.
　그리고 아스트랄이란 제자는 스승님에게도 좋은 영향을
끼친 것으로 보였다.
　제자로 받아들였을 당시, 6서클이었던 스승님이.
　그 쟁쟁한 후보를 전부 제치고 당당하게 대마법사가 된 결
과를 거머쥐었으니까.
　스승님이 말씀하신 '너랑 함께 있으면서 내 마법도 발전되
었으니까.'도 괜히 나온 말은 아닌 것 같았다.

　-하하, 서로에게 좋은 공부 아닙니까. 하필 제가 소환사
였을 줄 누가 알았겠어요. 그런데 스승님은 원소사라 소환
마법은 잘 모른다고, 지도해 줄 수 없어서 미안하다고 했던
게 엊그제인데요.

　이미 난 미래의 사람.
　아스트랄이 소환사인 것쯤은 델세르가 은거하던 동굴에서

봤던 책 덕분에 알고 있었다.

–그래도 스승님은 절 버리지 않으셨잖아요. 친분이 있는 소환사를 통해 자문을 구했고, 저를 위탁하기도 하셨고. 그리고 심지어 같이 소환 마법을 공부하셨잖아요.

정말 성심성의껏 아스트랄을 위한 지도를 했다는 것이 고스란히 내게 느껴졌다.

–그러게. 같이 공부하다 보니 나도 플레우드 마법에서 몰랐던 경지들을 터득하고. 다 네 덕분이다.

스승님이 대마법사로 올랐던 과정에 큰 힘이 된 사람이 있을 줄은 나도 몰랐다.
하긴, 제자가 있었다는 것도 숨기셨는데 굳이 알려 줄 필요는 없었을지도 모른다.

–그래서 말입니다, 스승님. 저도 번듯한 가문을 세워서 소환사 양성에 힘쓰고 싶어요. 심사 중인 제 가주 자격. 제자 어드밴티지로 어떻게, 통과 안 돼요?

아스트랄이 물었다.

이 당시에도 가주 심사가 있던 것으로 보였다.

하지만 그 순간, 스승님의 생각이 들려왔다.

'올 것이…… 온 건가…….'

스승님은 상당히 불안한 목소리로 말하셨다.

나도 왜 그런지 안다.

가주 심사 확정은 대마법사 혼자서 정하는 게 아닌, 기존 가주들의 영향이 더 크니까.

따라서 기존 가주들이 납득할 수 있는 성과나 공로를 세운 마법사들만이 새로운 가주 허가를 받았다.

성과나 공로가 없다면 누구도 무시할 수 없는 힘을 가졌던가.

그것이 가주가 가져야 할 필수 요소였다.

대마법사 한 명이 강압적으로 심사를 통과시키라고 할 수 없었다.

내가 대마법사로 있던 시절도 심사가 엄격했는데 그보다 훨씬 과거는 얼마나 더 엄격할까.

스승님은 이제 의자에서 일어나며 아스트랄에게 말했다.

─잠깐 앉아.

그 말씀을 하시면서 속으로는 불안한 생각을 여전히 삼켰다.

'녀석이 상심이 크지 않아야 하는데…….'

왜 그런 불안한 생각을 하셨는지.
난 알 수 있었다.
아스트랄은 가주 심사에 불합격한 것.
그 이유도 쉽게 유추할 수 있었다.
과연 내가 유추하는 이유가 맞을까.
링킹을 조금 더 지켜봤다.
스승님을 보고 마주 앉은 아스트랄은 순진무구한 미소를
여전히 잃지 않은 채다.

'미안하다…… 아스트랄…….'
-잘 들어, 아스트랄. 아쉽게도…….

딱 거기까지 말한 순간, 아스트랄도 눈치란 게 있다.
순진무구한 그 미소가 점차 일그러지기 시작했다.

-기존 가주들이 맹반대를 해서 통과되지 못했어.
-……설마, 제가 소환사라는 이유 때문인가요?
-…….

설마 했는데 역시나라니…….

내가 유추한 이유가 바로 이것이다.

아스트랄은 소환사.

하지만 마법 사회에서 소환사는 원소사보다 약하며, 6서클이 한계란 오명을 가지고 있는 마법사다.

─아스트랄, 너도 알잖아. 그들을 설득시키기 위해선 서클이 필요한데, 소환사는 서클의 정의가 원소사처럼 확실히 정해져 있는 게 아니야. 아무리 대마법사인 나라고 하더라도 강압적으로 통과시킬 수 없었어. 최대한 힘을 써도 안 되더라고.

아무래도 이 시대에는 소환사의 기준도 애매모호했던 것 같았다.

─심사 기준이 서클만 있는 거 아니잖아요. 마법 사회에 공로나 업적이 있으면 된다면서요! 그걸로도 충분히 어필할 수 있다면서요!

아스트랄은 벌떡 일어섰다.

그리고 책장에서 어느 책 한 권을 꺼내더니 테이블에 던지듯 놨다.

내가 델세르가 은거한 동굴에서 본.

《소환서 I 》이다.

 —그래서 이 책도 제가 썼잖아요! 소환사들을 보다 더 많이, 강해질 수 있도록 양성하기 위해서요! 그저 번듯한 가문가지고 소환사 양성에 힘쓰고 싶다는데. 왜 안 되는데요!
 —나도 몇 번이고 재심을 요청했는데…… 기존 가주들이받아들이지 않아. 소환사는 한계가 명확하다고…….
 —기껏해 봐야 여기 마법 학교 경비나 서는 하찮은 존재라고 여기는 겁니까? 기존 가주들은? 그러고 보니 가주들 중에 소환사는 없고 전부 원소사만 있는 비밀이, 고작 그런 거였습니까!

 이제 이성을 잃은 아스트랄.
 그는 침을 튀기며 울분을 토했다.
 그리고 그의 말이…… 맞다.
 실제로 내가 대마법사로 있던 시절에도, 소환사는 강하다고 해 봐야 마법 학교 경비가 전부였다.
 하지만 그 시대엔 사일러드란 소환, 어둠 원소의 더블 캐스터가 이미 마법 사회를 풍비박산 낸 직후라 그마저도 쉽지않았다.
 과장해서 말하면 소환사인데도 살아 있는 게 용할 정도로.
 당시 마법 사회 분위기는 소환사를 향한 시선이 결코 좋지 않았다.

그런데 어쨌든 소환사가 일개 경비 마법사로 전락한 것은 나의 시대만이 아닌, 오래전부터 내려져 온 폐단인 것은 분명했다.

─어차피 소환사는 원소사보다 약하다고 얕잡아 보는 거 아닙니까!

─…….

스승님은 말을 아끼셨다.
뭐라 위로할지, 마땅한 말이 떠오르지 않은 것 같았다.

─그럼, 결국엔…… 스승님도 날 도구로 이용한 겁니까……? 분명히 우리 같이 소환 마법을 공부할 때, 스승님이 대마법사가 되면 소환사도 어울릴 수 있는 세상이 되도록 하고 싶으시다면서요!

마법 사회 내에서도 철저하게 차별받았던 소환사.
마법사로서의 역량이 상당히 의심되었기 때문이다.
그런데 스승님은 지도 과정에서 그런 말을 한 게 절대 도구로 이용할 생각이 아니란 걸 난 누구보다 잘 알 수 있었다.
대마법사가 되어 본 자들만이.

기존 가주들을 거스를 수 없다는 걸 너무나도 잘 아니까.

게다가 쟁쟁한 후보들을 밀어내긴 했지만, 스스로도 가장 약하다고 할 정도로 마법 사회에서 입지가 좁았던 스승님.

그런 스승님이 갑자기 대마법사가 되었으니, 기존 가주들의 동의를 받는 건 사실상 불가능에 가까웠을 거다.

분명 대마법사 후보들 중엔 해당 가문의 마법사가 주를 이뤘을 것.

그런데 뜬금없이 굴러온 돌이 박힌 돌을 빼내 버렸으니, 그들이 과연 순순히 따르기나 할까?

내가 대마법사로 있던 시절에도 아무리 강령을 내려도, 좀처럼 말을 듣지 않았던 가주들이 몇이었는데.

그러나 아스트랄의 눈엔 그런 오해가 생기고 말았다.

아스트랄 입장도 이해된다.

가주가 되어 소환사 양성을 활발히 하는 것.

그것만을 보고 달려왔을 거고, 그것이 곧 그의 하나뿐인 꿈인데.

꿈이 아예 박살 난 순간이니까.

-아스트랄…… 그게 아니야! 내가 대마법사가 되었어도…… 다른 가주들이 나를 인정하지 않아서 너도 인정하지 않는 것 같아…… 그러니 조금만 믿고 기다려 줄 수 있겠니? 어떻게든 너를 가주로 만들 테니까. 일단 나를 인정하게 만

드는 게 순서 같아! 우리가 너무 성급했어.

역시, 예상한 대로다.
쟁쟁한 후보를 밀어낸 것이 결국엔 독으로 다가온 상태다.
그러나 아스트랄의 표정은 이미 굳을 대로 굳어졌다.

–아니. 필요 없어. 원소사들이 나를 인정하지 않는 건, 소
환사가 원소사보다 약하니까 그런 거잖아.
–……아스트랄?
–그럼 보여 주면 되겠네, 소환사가 더 강한 걸. 인정하기
싫어도 인정할 수밖에 없을 정도로.
–지금 무슨 소릴……?

그렇게 아스트랄은 뒤도 돌아보지 않고 자리에서 일어나,
나갔다.
이제 또 시점이 바뀌었다.
'설마…….'
아직 링킹이 끝이 나질 않았는데도 제발 그건 아니길 하는
간절한 바람이 내게도 생겼다.
바뀐 시점은 다시 스승님의 일기장.
스승님은 일기장에 일정한 여백을 두고 이어서 일기를 쓰
기 시작했다.

저 여백이 바로 자신의 기억을 보여 주는 링킹이 담긴 곳인 걸 알 수 있었다.

 그로부터 몇 년 동안 아스트랄은 더는 내 앞에 나타나지 않았단다. 나도 그를 찾으려고 늘 헤맸지만, 위의 세계건 밑의 세계건 그 어디에서도 그를 찾을 수 없었지. 그런데 어느 날⋯⋯ 마법 사회에 흉측한 사건이 일어났다.

 '아닐 거야⋯⋯ 아닐 거야⋯⋯.'
 불안한 마음을 감내하며 난 링킹을 계속 지켜봤다.

 바로 마법사들이 실종되는 사건이 일어났단다. 하나도 아닌 여럿⋯⋯ 심지어 주를 이룬 실종된 마법사는 녹턴 가문이었지. 녹턴 가문은 당시의 어둠 원소 대표 가문이었으며, 그들이 가주 심사에 결정적인 권한을 가진 자들이었어.

 어둠 원소 대표 가문의 녹턴.
 그런 마법사가 갑자기 실종하는 의문의 사건.
 스승님은 간결한 문장을 쓰셨다.

 결국, 난 그 실태를 직접 보고야 말았다.

그리고 펜을 다시 놓으시고 새로운 여백에 다시 링킹 마법을 구현하셨다.

난 그대로 새로운 링킹에 빨려 들어갔다.

***

달빛도 희미한 어두운 밤하늘의 산속.

스승님은 혼자 이곳을 찾으셨다.

그리고 그 앞에 보이는 것은 거대한 늑대에게 목이 물린 채 부들부들 떠는, 한 남자.

늑대는 무엇이 그리 기분이 좋은지 컹컹거리며 신나게 남자를 날카로운 이빨로 난자했다.

─아스트랄…… 설마, 네가 한 짓들이냐?

스승님이 늑대를 보고 한 말이다.

그러자 늑대는 스승님을 쳐다봤고, 뒤로 슬금슬금 물러났다.

그제야 목이 물린 남자의 형체가 제대로 보였다.

검은색 로브를 입고 있는 마법사였다.

─……실종된 녹턴 가문의 가주.

-오랜만입니다?

그리고 어둠 속에서 모습을 드러낸 아스트랄.
그는 오히려 당당하게 스승님과 마주했다.
스승님과의 시선 교환은 잠시, 아스트랄은 늑대에게 손을
내밀었다.

-이리 와.

흉폭한 늑대는 아스트랄 앞에서 그저 애교 많은 강아지로
전락한 듯이, 머리를 그의 손에 비볐다.

-어때? 맛있었어?

아우우울-!
아스트랄은 흡족한 미소를 띠며 늑대의 머리를 쓰다듬었
다.

-아스트랄! 이게 무슨 짓이냐! 그간 실종된 마법사들 전
부…… 네가 그랬던 거냐!

스승님은 격분한 목소리로 말했다.

나도 제대로 본 적 없는, 상당히 화가 난 목소리였다.

-내가 말했죠, 소환사가 원소사보다 강한 걸 보여 준다고? 그리고 녹턴 가문의 가주. 이놈이 가주 심사 통과에 결정적인 권한을 가진 놈이잖아? 이런 놈이 나한테 당할 정도로 형편없었는데. 내가 왜 이놈들이 결정한 대로 따라야 하지?
-아스트랄! 어떻게 같은 마법사를 죽일 수가 있냔 말이다!

결국, 아스트랄의 삐뚤어진 욕망은 향해선 안 될 곳으로 향하고야 말았다.

-같은 마법사? 뭐가 같은데? 마법사에겐 원소사밖에 없으면서. 내가 소환사란 이유로 날 배척한 게 누구지?
-아무리 그렇다 해도! 이러면 너나 나나 위태하다! 마법사 전부를 적으로 돌리게 되는 것이야!
-시끄러워. 어차피 당신도 똑같은 원소사일 뿐이야. 그래도 옛정이 있으니 당신을 향한 배려를 남기지. 내가 한 짓인 걸 알면, 당신도 마법 사회에서 곤란하게 되잖아?
-아스트랄!
-날 이제 그런 이름으로 부르지 마. 너희 원소사가 배척

한 소환사 아스트랄은 이제 없어. 가서 너희 마법 사회에게 똑똑히 전해.

그 순간, 나도 모르게 침을 꿀꺽 삼켰다.

내가 아니길 바라는 실체가 나타날 차례라는 걸 직감적으로 느꼈으니까.

—내 이름은 사일러드. 따라서 원소사들을 죽인 건 아스트랄이 아니다. 새로운 소환사 사일러드다. 이게 당신을 향한 마지막 배려야, 옛정을 생각해서.

이게 마법 사회에서 악명을 떨쳤던, 사일러드의 탄생 계기였다.

그가 굳이 이름을 바꾼 이유도, 스승님의 제자 아스트랄이 한 만행이 아닌, 의문의 마법사 사일러드가 한 짓이라고 대외적으로 알리라는 뜻이었다.

그럼 직접 목격하지 않은 남들은 스승님의 제자가 한 짓이라는 걸 모를 테니까.

하지만 그건 유치한 억지에 지나지 않는다.

그리고 중요한 것을 나도 알게 된 순간이다.

'사일러드가…… 스승님의 제자…….'

그래서…… 스승님은…… 말씀하시지 않았던 거구나.

직접 애써 키운 제자 놈이, 마법 사회에서 극악무도하며 악명을 떨쳤던 마법사가 되었으니까.

왜 스승님에게 반기를 드는 가주가 그렇게도 많았는지 전부 이해가 됐다.

정말, 대마법사란 자리를 온전히 유지한 것이 경이로울 정도다.

그리고 내가 아니길 바랐던 것은, 결국엔 진실이 되어 나와 대면한 순간이다.

'그런데 사일러드는 분명 더블 캐스터인데…….'

지금 여기까지만 보면 그는 소환 마법 하나만 다룰 줄 아는 소환사로 그려졌다.

그가 더블 캐스터인 걸 알면, 분명 가주 심사에서도 불합격할 이유가 없다.

왜냐.

그들은 소환사를 싫어했던 거지 원소도 가진 소환사라면 얘기가 다르니까.

난 그게 의문스러웠다.

'어떻게 된 일이지?'

스스로 사일러드라고 말하는데 더블 캐스터는 아닌 사일러드.

아무래도 그 비밀까지 간직하고 있는 링킹으로 보였다.

―이제 더는 볼 일이 없으면 좋겠군. 녹턴 가문 가주를 잡는 게 내 목표였거든. 이뤘으니까 됐어. 나도 앞으로 조용히 살지.

그렇게 사일러드가 등을 돌리고, 떠나려고 하던 찰나.
스승님은 플레우드 마법을 구현하셨다.
나도 처음 보는 형태의 마법이기에, 정확히 무엇인지 몰랐다.
그만큼 낡은 마법이라 내가 잘 모르는 것이다.

―아스트랄…… 난 대마법사다. 대마법사는 모두를 지키고, 모두를 위해야 하지. 그런데…… 제자였던 네가 직접 마법사. 그것도 대표 원소 가문의 가주를 해한 것을 방관할 순 없어.

―모두를 위해? 위선 떨지 마. 모두가 아니라 원소사를 위한 거겠지. 내가 차별받았을 때 기다려 달라는 약한 모습 보인 주제에 지금은 도리어 마법을 꺼내시겠다?

다시 사일러드의 눈빛이 변했다.
그리고 스승님은 그를 사일러드라고 부르지 않았다.
적어도 이때까지는…….
제자 아스트랄을 향한 애정이 남아 있다는 뜻이기도 했다.

-그 마법을 거두지 않으면. 내 목표는 새롭게 생겨. 대마법사인 당신을 먹어 치우고, 내가 그 사회를 장악하는 새로운 목표.

사일러드가 협박했지만, 스승님은 마법을 거두지 않았다.
이미 사일러드는 가주까지 해하는, 돌아올 수 없고 건너선 안 되는 강을 건너 버린 상태.
이것 역시 대마법사로서 방관할 수가 없는 것을 난 알고 있다.
스승님도 그러고 싶지 않았지만, 마법 사회를 이끄는 대마법사란 위치에서는 어쩔 수 없는 선택이다.
아니, 무조건 했어야 하는 선택이었다.

-결정 났군.

스승님이 마법을 거두지 않자, 사일러드는 라이칸 무리를 소환했다.
스승님은 곧장 플레우드 마법으로 그가 소환한 라이칸 무리를 무력화하려고 했으나…….
라이칸은 상처만 조금 생길 뿐, 소멸하지 않았다.

-어떻게……?

스승님이 당황한 반응을 보였다.

플레우드의 마법인데도 일개 신물에 지나지 않는 라이칸이 너무나 멀쩡했기 때문이다.

-나에 대해서 아무것도 모르는군. 하긴, 당신이 아는 아스트랄은 이제 없고 사일러드라는 새로운 마법사라서 그런가? 녹턴 가문 마법사들을 먹어 치우면서 나도 새로운 깨달음을 얻었다. 바로 이거.

사일러드는 갑자기 원소 마법을 구현했다.

그의 주위에 떠 있는 많은 어둠 원소 구체.

분명한 원소 마법이다.

'설마…… 사일러드는 처음부터 더블 캐스터가 아니라…… 저런 방법으로……?'

-아스트랄…… 너 도대체 무슨 짓을 한 거냐……? 소환사인 네가 어떻게 어둠 원소 마법을……?

-어둠 원소 마법? 그냥 녹턴 가문 마법사들을 먹어 치웠는데, 어느 순간 구현되더라고. 아마 소환사가 원소사를 먹어 치우면 원소사가 가진 힘 일부를 흡수할 수 있는 모양이더군. 덕분에 난 정말 새로운 마법사가 되었다. 소환사 아스트랄이 아닌, 더블 캐스터 사일러드다.

-……나를 먹어 치운다는 뜻도?

-꽤 탐나는 먹이이긴 해. 무려 플레우드니까.

-아스트랄! 난 널 그렇게 삐뚤어지게 지도하지 않았다! 너의 천성은 그렇지 않았잖아!

스승님은 다시 격분의 목소리를 내었다.

-내 이름은 사일러드다.

하지만 사일러드는 어떠한 변명도 없이 당당했다.

-못난 제자 놈……! 너를 말로써 지도할 수 없다면, 마법으로 지도할 수밖에 없다!

-그러든가. 단, 나를 공격한 그 순간 당신도 내 먹이가 될 거란 건 알아 둬.

스승님은 이번에 본체인 사일러드를 향해 플레우드 마법을 펼쳤다.

하지만 날아오는 마법은 전부 라이칸이 손으로 튕겨 냈다.

-너한테 이것까진 쓰고 싶지 않았다…… 아스트랄.

그리고 꺼낸 다음 마법.

바로 플레우드 보주화다.

보주화가 뜸과 동시에 사일러드가 구현했던 어둠 원소 구체들은 전부 사라졌다.

그러나 신물인 라이칸은 사라지지 않았다.

−어째서……?

−아, 나도 저건 몰랐는데 소환 마법이랑 원소 마법이 결합하게 되면 플레우드가 그다지 위력이 강한 건 아닌가 봐? 플레우드 보주화가 있으면 단일 원소사는 마법을 구현할 수 없다. 그런데 그것을 거스르는 게 바로 원소를 섞은 소환 마법. 이것만 보더라도 너희 원소사가 정의한 게 전부 틀렸다는 게 입증된 것 아닌가?

−…….

−따라서 소환사가 원소사보다 강해. 너희들만 있는 원소사의 세상을 무너뜨리고, 소환사들만의 세상을 새롭게 만든다. 난 분명 경고했는데 날 공격했군. 그러니 새로운 목표를 실천할 차례네.

라이칸들이 스승님을 포위했다.

그리고 거대하고 날카로운 발톱으로 스승님을 향해 아무런 고민도 없이 내리찍었다.

-크흑······!

스승님은 마법으로 가까스로 방어했지만, 상당히 위태로워 보였다.

-옛정을 애써 생각해서 남겨 줬는데 그렇게 무시하면 쓰나?
'이길 수 없다······. 지금의 아스트랄은 내가 어떻게 할 수 있는 상대가 아니야······.'

그 순간 들린 스승님의 생각이다.

-아스트랄······ 아니, 날 이렇게 고민도 없이 공격했으니 네 말대로 내가 아는 아스트랄은 이미 사라졌겠지.
-이제야 말이 조금 통하는군.
-그래······ 사일러드······. 하나 이것은 분명히 하겠다. 넌······ 존재해선 안 돼. 그런 위험한 마법사로 말이야.
-이제야 본심 나오는 건가?
-원래 없던 마음이다. 난 정말로 너와 화목한 생활을 그렸는데······ 네가 모든 것을 등진 거지.
-등지게 만든 환경은 생각 안 하나? 하여간, 원소사 놈들은 이기적이지. 당신도 결국엔 원소사라니까.

사일러드는 듣고 싶은 것만 들었다.

－사일러드. 지금은 이렇게 물러가지만, 내가 기필코 너를 막을 것이다……. 대마법사인 나, 알라이즈 페트라가 너에게 공표한다. 너는 마법 사회의 적이다.

－원하던 바야. 그래야 누가 강한지 확실히 판가름 나지. 해보자고, 원소사들의 대마법사.

오히려 그는 기대하겠다는 답변을 당당하게 남겼다.

그 말을 끝으로 스승님은 텔레포트로 자리를 벗어났다.

당장 그를 제압할 수 없으니, 대응할 방법을 마련하기 위한 전략적 도주다.

다시 시점이 바뀌어 일기장이 나타났다.

사일러드에게서 도망친 난…… 그 뒤로 새로운 모험을 떠났다.

스승님은 이제 다음 장으로 넘겨, 일기를 이어 갔다.

모험이라고 하니까 태평하게 들리겠지만, 그렇지 않았다. 당시 내가 가진 힘으론 사일러드를 제압할 수 없었고, 새로운 깨달음을 얻기 위해서지. 바로, 모험이란 고대 마법서를 찾기 위한 여정.

오히려 탁월한 선택이라고 할 수 있었다.
나 같아도 스승님과 똑같은 생각을 했을 것이리라.

  밑의 세계는 물론, 위의 세계 그리고 검사들의 위의 세계도 몰래 드나들곤 했지. 고대 마법서는 감히 대응할 수 없는 강력한 마법이 담겨 있다는 이야기가 당시 마법 사회에 전설같이 내려져 왔으니까.

  스승님의 시대도 검사와 마법사가 서로 단절된 것은 동일했다.
  그런데 사일러드를 제압하겠다는 목적 하나로 그런 위험하고도 과감한 선택을 하신 것이다.
  그나마 다행인 것은 스승님도 플레우드이니 투명 마법이 가능했고 그것을 이용해 드나든 것으로 보였다.

  그러다가 겨우 찾았단다, 에이머. 그런데 문제가 있었어. 이 마법서에 담긴 마법은…… 내가 사용할 수 없는 마법이었지.

  감히 스승님도 사용할 수 없는 마법이란 게 존재하는 걸까?
  도대체 얼마나 대단하기에?

난 그렇게 고민했다. 내가 사용할 수 없는 마법. 그렇다면 사용할 수 있는 마법사를 찾아서, 내가 키우자. 하지만 두려웠지. 바로…… 제2의 사일러드가 되는 제자가 나오면 어떡하나, 싶은 마음에.

충분히 이해가 된다.

첫 제자가 결국엔 마법 사회 전체에 공포를 심어 준 마법사가 되었는데, 감히 또 제자를 육성할 생각이 드는 사람이 얼마나 있을까.

그 뒤로 용기를 내서 제자 몇 명을 들이긴 했지만…… 사일러드는 어떻게 알았는지, 나와 제자가 떨어져 있을 때 내 제자를 급습해 암살하고는 또 자취를 감췄단다.

그것이 많은 제자를 들였음에도 남아 있는 제자가 없던 이유였다.

그런데 첩첩산중으로 들어간 나에게도 문제가 찾아왔단다. 고대 마법서를 발견한 뒤로, 그 안에 있는 마법을 내가 공부하기 시작하면서 생긴 문제들이지.

도대체 고대 마법서에 담긴 마법이 무엇이기에, 그 대단한 스승님도 문제가 생겼을 정도인 걸까.

　마력이 급격하게 약해진 것을 느꼈다. 동시에 노화도 상당히
빨리 찾아오더군. 그래서 난 알 수 있었다, 내게 허락된 시간이
많지 않단 것을. 고대 마법서에 적힌 마법은 딱 한 종류의 마법
이었어. 그 마법을 공부했을 뿐인데, 오히려 내 정신과 몸이 약
해지고 있었던 거지.

　이해할 수 없었다.
　그저 공부했을 뿐인데 도리어 마력이 약해져 노화까지 빨
리 찾아오다니?

　그러면서 찾아온 다른 이상 증세. 처음엔 헛것이라고 생각했
는데 눈에 무언가가 보이기 시작하더군. 마치, 미래를 미리 엿
보기라도 하듯이 후에 일어날 일들이 눈에 보인다는 것이었다.
그러다가 너를 만난 거다, 에이머. 당시 넌 마법 학교의 5클래
스 학생이었지.

　"……."
　실제로 내가 스승님의 제자가 된 시점이 5서클과 6서클의
사이.
　5클래스에서 2학기를 맞이해서였다.

네가 희귀한 플레우드인 건 알고 있었어. 하지만…… 그래도
난 애써 외면했지. 플레우드는 어차피 강한 마법사니까. 그런
데 너의 얼굴을 처음 본 순간, 눈에 분명히 보였다.

도대체 뭘 보셨다는 걸까.
나도 궁금했다.

네가 아무것도 없는 어둠이 깔린 평야에서 플레우드로 만들
어진 검을 들고 사일러드와 대면하고 있더구나. 심지어 내가
알던 너의 모습이 아니야. 완전히 다른 모습이었지. 마치, 사람
이 바뀐 것처럼. 게다가 네 옆엔 우람한 근육을 가진 누군가도
있었지. 그도 너와 같은 검을 들고 있었어.

"……설마?"

스승님은 몇백 년 후에 일어날 일인데 보셨다는 겁니까?
플레우드로 만들어진 검…….
나와 가렌트가 훈련한 그 마검을 그때부터 이미 알아차리
신 겁니까?

모습이 바뀌었는데도 너라고 확신한 이유는 너를 봤는데 그
장면이 보였기 때문이다. 게다가 플레우드로 만든 검. 일반 마

나라고 보기엔 힘들었고, 마나가 아닌 무언가였지.

나를 제자로 받아들이기로 결정한 것이 스승님의 눈에만 보이는 게 있었기 때문이라니.

스승님도 마력을 점점 잃는 대신, 예언을 볼 수 있게 된 것인가?

퀼트의 가문이었던 카락스가 그랬던 것처럼?

그래서 널 제자로 들인 것이다. 그런데 네가 제자가 되고 나서, 어느 날 사일러드가 몰래 나를 찾아왔지. 어떻게 찾아올 수 있었는지는 모르지만…….

스승님은 다시 링킹 일부분을 보여 줬다.
그곳은 마법 학교의 교장실.
스승님이 창문으로 다가간 순간, 거대한 라이칸의 한쪽 눈동자가 스승님과 마주쳤다.
그리고 그런 라이칸 머리 위에 타고 있는 사일러드.
그 순간, 스승님의 생각이 들렸다.

'사일러드를 보고 있는데도…… 에이머를 봤을 때와 같은 것이 보인다. 도대체 저 둘이 마주하고 있는 저 장소는 어디지? 저런 곳은 본 적이 없는데.'

그야 꼭대기를 직접 만들기 전이었으니, 당시의 스승님은
몰랐다.

그런 스승님의 심정을 알 리 없는 사일러드는 신경 쓰지
않고 스승님에게 말했다.

–고작 100년밖에 안 흘렀는데 어쩌다 그렇게 늙었지? 마
법사가 늙었다는 것은 약해졌다는 뜻인데.

–사일러드…….

–이제야 내 이름을 제대로 부르는군.

–몸을 숨겨야 할 네가 날 찾아온 이유는 뭐지?

–뭐, 알고 있겠지만 난 보이지 않는 곳에서 당신을 감시하
고 있었어. 그런데…… 이번에도 새로운 제자를 들였더군?

–…….

–그렇게 노려보지 말라고. 그 제자가 이번엔 플레우드더
만? 그간 단일 원소사들만 들이더니. 아, 플레우드가 그만큼
희귀해서 좀처럼 보이지 않았던 것뿐인가?

사일러드도 애초에 내 존재를 알고 있었던 것이었다.

–그리고 다른 제자들처럼 말없이 죽이려면 바로 죽이러
갔지. 근데 굳이 당신을 찾아온 이유는 이 말은 꼭 남기고 싶
어서.

-뭐지.

-보아하니, 내가 알던 강한 플레우드 알라이즈 페트라는 이미 저렇게 늙어 빠져 약해졌으니 영양가가 없잖아? 먹어도 의미가 없단 소리지. 흥미 없어졌어.

-사람을 그렇게 장난감 취급하지 마라, 사일러드. 사람은 너의 흥미를 위해 존재하는 게 아냐.

스승님은 사일러드가 두려워도, 결코 약한 모습을 보이지 않으셨다.

-시끄럽고, 그 제자 한번 잘 키워 봐. 플레우드인 데다가 당신의 가르침을 받았으면 분명 차대 대마법사가 되겠지. 영양가 잔뜩 주입하란 뜻이야, 그래야 내가 먹기 좋거든.

-……사일러드, 그간 내 제자들도 그때 녹턴 가문의 가주처럼 처리한 거냐?

-그런 쓰레기들 먹으면 탈 나. 필요도 없는 것들인데 내가 왜 먹어?

-……정말 넌 아예 다른 사람이 되었구나.

-그러니 한번 멋지게 키워 봐. 이 녀석이 요즘에 통 먹질 못해서 영양가로 가득한 놈이 필요하니까.

사일러드는 그 말만 남기고 어둠 속으로 홀연히 사라졌다.

그리고 처음부터 그는 나를 먹기 위해 기다렸던 것.

여기에서 '먹는다'란 말은.

녹턴 가문의 가주처럼, 신물로 물어뜯어, 그 힘 일부를 흡수하겠다는 의미였다.

사일러드는 자신이 질 거란 생각을 하지 않았다.

그도 그럴 것이 이미 전성기의 스승님과 맞붙어 본 적도 있었는데, 그때 플레우드 마법이 원소를 섞은 신물에게 통하지 않는단 걸 확인하지 않았던가?

그래서 더욱 저렇게 자신감에 차 있었던 것이었다.

링킹은 그대로 끝이 나고 다시 일기장으로 돌아왔다.

에이머, 네가 들고 있던 마나가 아닌 무언가. 후에 난 그것이 비전력이란 것을 알았다. 그리고…… 넌 비전력을 사용할 수 있는 마법사가 아니더냐?

내가 비전력을 갑자기 터득한 것도 스승님 밑에서 제자 생활을 하면서였다.

게다가 난 너를 아주 강하게 키워야 했어, 사일러드에게 당하지 않도록. 그래서 마법 하나를 알려 주면 자각하지 못하도록 링킹으로 그 기억을 가렸지. 기본기부터 튼튼하게 다져야 했으니까.

그땐 지독하다고 느껴졌던 것들.
아니, 도대체 왜 이렇게까지 해야 하는 건가?
이런 생각이 절로 들었던 것들…….
사실은 다 나를 위해서였음을 오늘에 와서야 알았다.

　그런데 년 지속적으로 당한 마법을 따로 배우지 않아도 습득
하는 재능이 있었지. 나도 너의 재능의 면모를 알아보고 그때
부턴 지도 방식을 바꿨단다. 너에겐 오히려 기존의 방식이 가
혹했다는 걸 늦게나마 알았지.

그래서 그때부터 갑자기 인자해지신 거구나…….
확실히, 내 재능을 보신 다음부턴 수업의 질이 달라졌었다.
본격 대마법사 후계자의 신분이 되었으니까.

　그리고 내가 발견한 고대 마법서. 그 안에 든 마법은 너처럼
비전력 사용자만이 사용할 수 있는 마법이야. 그래서 난 때가
다가오면 너에게 그 마법서를 전해 주기 위해 마법서의 존재를
꽁꽁 숨겨야 했다.

다시 여백에 링킹이 시작됐다.
이번엔…… 나에게도 가장 최근 기억이라고 할 수 있는,
보름달 전투였다.

여덟 명의 검사들과 함께 사일러드와 맞서 싸우던 그때.

검사들은 이미 숨통이 끊어지고, 나와 스승님밖에 남지 않았을 때.

스승님이 사일러드를 가두기 위한 철문을 만들던 순간의 기억이다.

스승님의 생각이 들렸다.

'그렇구나……. 에이머를 처음 봤을 때 사일러드와 대면했던 그 장소, 그곳이 이곳이구나……. 그렇다는 것은…… 내가 지금 사일러드를 봉인해도, 언젠간 풀린다는 뜻이겠지? 에이머.'

스승님은 이미 사일러드를 봉인 중인 순간에도.

풀릴 것을 알고 계셨었다.

볼에 뜨끈한 느낌이 들었다.

나도 모르게 눈가에서 눈물 한 줄기가 그대로 흘러, 볼을 탄 것이었다.

'다…… 알고 계셨으면서도…… 왜 내색도 하지 않으시고……. 오히려 저를 믿는다고 말씀하신 겁니까…….'

그 말을 속으로 삼킨 순간, 스승님의 생각이 이어졌다.

'에이머, 그래도 걱정하지 마라. 나도 마지막 보험을 들어

놓고 가마. 마법 학교 지하에 있을 내 초상화. 거기에다가 내 기억을 담은 링킹을 걸어 두고 가마. 그러니, 그때 만나러 와 주렴.'

스승님.
꿈에 자꾸 나타나신 이유가…….
초상화 속에 살아 계신 게 아니라, 제게 미처 전하지 못한 것들을 전하기 위해서였던 겁니까……?
그렇게 사일러드가 봉인된 순간.
스승님의 생명의 불꽃도 꺼질 때, 스승님은 다시 생각으로 말하셨다.

'에이머…… 내가 그저 헛것을 봤다고 여기고 싶지만, 아 무래도 그건 피할 수 없는 일인 듯하다. 사일러드의 봉인이 풀린 뒤 나를 만나러 와 주렴. 꼭…… 만나러 와 주렴. 내게 전하지 못한 것들을 그때 전부 전하마. 나를…… 만나러 와 주렴.'

스승님은 같은 말을 과할 정도로 되풀이했다.
그만큼…… 스승님에겐 무엇보다도 중요하고 절실했단 뜻 이겠지.
그렇게 링킹이 끝이 나고, 다시 스승님의 일기장으로 돌아왔다.

　에이머, 위의 세계가 비전력 사용자인 고대의 마법사들이 만
든 곳이란 건 알고 있지?

　난 마치 스승님과 대화를 하는 듯이, 나도 모르게 고개를
끄덕였다.

　그런데 우린 위의 세계가 어떤 용도로 만들어졌는지 몰랐지.
바로 이 고대 마법서에 그 모든 것이 적혀 있었단다. 그렇다,
에이머.

스승님은 시선을 슬쩍 옮겼다.
바로 일기장 옆에는 가죽 표지로 된, 제목도 없는 낡은 책
하나가 있었다.

　바로 이 책은 위의 세계를 만드는 법이 담겨 있단다. 에이
머, 위의 세계란 것은 말이다, 본래 용도는······.

잠시 고민한 뒤에 스승님은 일기를 이었다.

　보주화의 최종 진화 형태야. 즉, 네가 만든 위의 세계에 네

가 있다면 네가 사용하는 모든 마법이 강해지고, 적으로 인식한 상대는 마법이 약해지는 것이다. 게다가 넌 플레우드. 당연, 단일 원소사는 네가 만든 위의 세계에 있다면 마법을 절대 사용할 수 없지. 따라서 플레우드가 아닌 자라면 영원의 감옥이 되는 곳이기도 하다.

이것이 스승님이 내게 꼭 전하고 싶었던 마법서의 정체였다.

　그러니 받아라. 받아서 활용해라. 에이머, 너에게 주는 마지막 가르침이자 선물이다.

그 순간 링킹이 완전히 끝이 나고, 다시 칠흑의 어둠이 찾아왔다.
그리고 내 앞에 나타난 플레우드 구체 하나.
내가 만든 플레우드 구체가 아니다.
스승님이 내게 전하는 플레우드 구체다.
난 구체를 향해 손을 내밀었다.

다음 권으로 이어집니다